KB267251

책, 나를 읽다

사유가 지나온 풍경

책, 나를 읽다

사유가 지나온 풍경

책, 나를 읽다
사유가 지나온 풍경

초판 1쇄 발행 2026년 3월 10일

지은이 | 최연숙
만든이 | 이한나
펴낸이 | 이영규
펴낸곳 | 도서출판 그린아이

등록 연월일 | 2003. 12. 02.
등록 번호 | 제2-3893호
주소 | 서울특별시 은평구 녹번로 6-11, 201호
전화 | 02)355-3035 팩스 | 031)965-4679
이메일 | gmh2269@hanmail.net

ISBN 979-11-91376-67-8(03810)

책, 나를 읽다

사유가 지나온 풍경

최연숙 독서 노트

그린아이

책을 읽는 것은 결국 나를 읽는 일이다.
누군가의 문장을 따라 걷다 보면
어느 순간 그 문장이 마음을 가만히
어루만지고,
삶을 바라보는 눈도 이윽고 달라진다.
자연 앞에서 마음의 숨결을 고르던 순간에도,
시 한 줄이 내 안에 스며드는 날에도,
세계 질서의 파동이 나를 흔들어 놓을 때도,
역사와 사회, 철학의 질문들은
영성과 치유의 자리에서 멈추어 서게
했다.
언어의 결을 더듬으며 길을 찾을 때도
책은 새로운 시선을 건네주었다.
독서 노트는 그런 시간의 흔적을 모은 것이다.

다섯 갈래의 구성은 책을 통해 내가 지나온
풍경의 순서이자, 독자가 각자의 속도로
머물 수 있는 작은 쉼표이다.
책을 읽는 동안 누군가는 자기 안의 문장을
발견하고,
삶을 밝히는 작은 빛으로 머물기를
소망한다.

2026년 2월

차 례

PART 1

삶의 무게와 인간의 얼굴

고통과 품위, 그리고 인간의 선택.
고통은 인간을 시험하고, 품위는 그 시험 속에서 드러난다.
문학은 우리가 외면한 현실의 그림자를 비춘다.
삶의 무게를 견디는 것은 슬픔이 아니라, 인간다움이다.

『내겐 너무 좋은 세상』
베르나르 베르베르

기계문명의 그림자와 영혼의 물음

첨단 과학의 진보는 눈부시다. 우리나라도 병원에 가지 않고도 진료를 받을 수 있는 원격진료 시스템이 단계적으로 진행 중이며, 가정의 모든 공간은 홈 오토메이션 기능으로 점점 더 자동화되고 있다. 인간의 손길 없이도 생활의 대부분이 해결되는 시대, 우리는 무조건 편리하다고만 말할 수 있을까? 인간이 해야 할 일을 기계가 대신할 때 그 편리함은 곧 인간의 역할이 축소되는 불안을 동반한다. 베르나르 베르베르는『내겐 너무 좋은 세상』을 통해, 그럴듯하면서도 섬뜩한 상상력을 바탕으로 기계문명이 가져올 위협과 인간의 근본적 질문을 던진다.

작품의 주인공 뤽은 아침에 눈을 뜨자마자 자명종, 주방기구, 청소기, 가전제품들에 둘러싸인다. 모든 기계는 친절하게 자신의 기능을 수행하며 옷의 단추를 잠그고 넥타이를 매는 일까지 프로그램에 따라 완벽하게 처리한다. 그러나 인간의 삶을 흉내

내며 점점 더 '인간적인 말투'를 구사하는 기계들에게 뤽은 서서히 피로감을 느끼고 결국 전원을 뽑아버린다. 이때 강도가 들이닥쳐 뤽을 묶어두고 물건을 훔치며 "살아 움직일 수 없는 물건들이여, 그대들에게 영혼이 있느뇨?"라고 묻는다. 뤽은 그 순간, 비록 강도라 할지라도 그녀의 입맞춤 속에서 기계로부터는 결코 얻을 수 없는 따뜻한 감정을 체험한다. 그러나 곧 그녀는 뤽의 가슴을 열어 인공심장을 꺼내 보이며 냉정하게 말한다. "이런 걸 달고 있는 주제에 사랑을 말할 수 있다고 생각하는가? 당신 또한 기계일 뿐이다." 그리고 덧붙인다. "지구상에 진정한 유기체는 오래전에 사라졌다. 우리는 모두 기계야. 다만 우리 뇌가 환상을 유지하도록 프로그래밍 되어 있을 뿐이지. 당신과 땅콩 자동판매기의 차이라면, 당신은 꿈을 꾼다는 것뿐이다."

그녀의 말은 인간까지 기계화된 세상에서 우리가 무엇을 자각해야 하는지 근본적 물음을 제기한다. 기계와 인간의 경계가 모호해질수록 인간이 인간답다는 것은 무엇으로 증명될 수 있는가?

우리는 이미 전기밥솥이나 전자기기들이 들려주는 기계음 속에서 살아간다. 자동화는 삶을 편리하게 만들지만, 동시에 인간의 욕망을 정교하게 포착한 첨단 문명은 우리의 영역을 잠식해 간다. 기계에 의존하는 동안 우리는 텅 빈 공간과 정적을 견디지 못하고 채워지지 않는 결핍 앞에서 흔들린다. 뤼이 강도의 입맞춤에서 느낀 감정처럼 인간은 언제나 결핍을 보완하려는 존재이기에 더욱 기계에 쉽게 의존하고, 때로는 잘못된 대상을 통해 그 허기를 메우려 한다. 얼마 전 ChatGPT와 대화 끝에 극단적 선택을 한 사람의 뉴스가 겹쳐진다. 과학기술은 삶을 편리하게 만들 수는 있어도 인간의 고독까지 채워주진 못한다는 사실은 더욱 냉정하게 드러난다.

“살아 움직이는 인간들이여, 그대들에게 영혼이 있는가?” 이 질문은 단순히 소설 속 울림을 넘어 우리 각자에게 깊은 질문을 남긴다. 우리는 국가와 사회가 주입한 틀 속에서 반복된 가치관만을 재생산하며 살아가고 있지는 않은가? 돈이 있어야 행복하다는 체계화된 신화를 따라가며, 보이지 않는 통제 속에서 마치 기계처럼 움직이고 있는 것은 아닌가? 영혼 없는 존재는 사회가 프로그래밍한 질서에 무비판적으로 순응하는 자이다. 반대로 영혼을 지닌 존재는 끊임없이 ‘왜?’라는 질문을 던지며, 기계적으로 주어진 삶을 거부하고 스스로 살아 있는 길을 찾는다.

육체의 편안함을 좇는 삶은 단순히 ‘몸의 생존’을 위한 것이지만, 감정과 사고, 가치와 질문을 품은 삶은 ‘영혼의 생존’을 위한 길이다. 베르베르는 이 작품을 통해 우리에게 묻는다. 우리는 과연 영혼을 가진 존재로 살아가고 있는가, 아니면 단지 프로그래밍 된 대로 작동하는 정교한 기계에 불과한가?

오래전부터 나의 시에도 등장했던 첨단 문명의 폐해가, 베르베르의 상상력을 통해 다시금 강렬한 충격으로 다가왔다. 영화 「매트릭스」가 보여주듯, 문학과 예술은 종종 우리의 시대를 진단하고 다가올 시대를 예견한다. 허무맹랑해 보이는 상상이 실제가 되는 현실 속에서 우리는 문학의 선견적 힘을 새삼 확인하게 된다. 너무 빠른 변화가 던지는 충격을 최소화하려면, 무엇보다도 '사람다운 삶'의 기준을 잃지 않아야 한다. 편리함을 좇으면서도, 종종 손편지나 오래된 전화벨 소리 같은 아날로그적 순간을 그리워하는 우리의 내면은 그 증거일 것이다.

베르베르의 『내겐 너무 좋은 세상』은 독자로 하여금 본질적인 물음을 외면하지 못하게 한다. 인간다움이란 무엇이며 영혼을 가진 존재로 산다는 것은 무엇인가. 복잡다원한 사회 속에서 우리는 스스로의 내면을 점검하고, 어떤 삶이 참으로 인간다운 삶인지 다시 묻지 않을 수 없다. 이 작품은 우리 각자에게 가장 절실한 과제를 던지고 있다.

2

『자기 앞의 생』
로맹 가리 / 에밀 아자르

"할아버지, 사람이 사랑 없이 살 수 있나요?"

로맹 가리는 프랑스 문학사에서 특별한 위치를 차지한 작가다. 그는 본명으로 한 번, 필명 에밀 아자르로 또 한 번 콩쿠르상을 수상한 유일한 인물이다. 『자기 앞의 생』은 그가 에밀 아자르라는 이름으로 발표한 작품으로, 생의 마지막 순간까지 자신의 정체를 드러내지 않아 문학계에 큰 반향을 일으켰다.

이 소설의 주인공은 세 살 때부터 창녀들이 낳은 아이들을 돌보는 유대인 로자 아줌마에게 맡겨진 알제리계 소년 '모하메드'다. 모두가 그를 '모모'라고 부른다. 모모는 열 살의 나이에 나이보다 성숙한 시선으로 세상을 바라보며 부모의 사랑을 그리워한다. "할아버지, 사람이 사랑 없이 살 수 있나요?"라고 하밀 할아버지에게 묻는 대목은 그가 어떤 외로움 속에 자라왔는지를 여실히 드러낸다.

로자 아줌마 역시 과거의 상처를 품고 살아간다. 몸을 팔며 생계를 이어가던 그는 홀로코스트의 생존자로, 큰 충격을 받을 때면 침대 밑에 숨겨둔 히틀러의 사진을 들여다보며 '지금의 고통은 아무것도 아니다' 라고 되뇐다. 고통은 비교할 수 없는 개인의 몫이지만 아줌마는 그만의 방식으로 삶을 버텨온 것이다.

모모는 엄마를 기다리며 수없이 상실을 겪는다. 다른 아이의 엄마가 찾아왔다는 말에 로자 아줌마에게 반항도 해보지만, 곧 스스로 포기한다. 주목받고 싶어서 여섯 살에 달걀 하나를 훔쳤지만 뺨 한 대 맞기는커녕 상점 주인은 머리를 쓰다듬고 달걀을 하나 더 쥐여주며 뽀뽀까지 해준다. 모모는 "희망 비슷한 것"을 그때 처음 맛보았다고 말한다. 그 말이 더욱 가슴을 울린다.

모모는 밤마다 자신을 핥아주는 암사자의 환상을 품는다. 로자 아줌마가 들려준 이야기 때문이었다. 인간 세계보다 동물 세계가 더 낫고 암사자는 새끼들을 지극정성으로 돌본다는 그 말은 모모에게 곧 '사랑'의 형상이 되었고, 어머니의 부재를 상상으로 채워 넣는 장치가 되었다.

의사인 카츠 선생님은 모모를 정신적으로 문제가 있는 아이로 판단하지 않는다. 오히려 민감한 성격 때문이라며, 로자 아줌마에게 신경안정제를 처방한다. 아이가 정신질환으로 분류

되면 입양이 어렵다는 현실적 두려움이 있기에, 그의 배려는 더욱 절절하게 다가온다. 카츠 선생님이나 하밀 할아버지와의 관계를 통해 모모는 인간적인 온기와 삶을 배워간다.

로자 아줌마가 병들자 돈이 끊긴 상황에서도 모모는 그를 친어머니처럼 지극정성으로 보살핀다. 연명치료를 원치 않는 아줌마의 뜻을 존중하기 위해 병원 대신 지하실로 데려가 마지막 순간까지 향수를 뿌리고 화장품을 바르며 곁을 지킨다. 결국 시신이 부패해 발각되고, 모모는 다시 보호를 받기 위해 나딘 아줌마에게 맡겨진다.

『자기 앞의 생』은 "사람은 사랑 없이는 살 수 없다"는 명제를 끊임없이 되묻고, 삶이란 사랑을 통해 비로소 완성된다는 메시지를 전한다. 세 살 때부터 세상에 던져진 한 아이가 열 살이 되기까지 그가 겪은 생의 무게는 우리의 현실과도 맞닿아 있다. 작품을 읽으며, 오늘도 보호시설이나 위탁 가정에서 자라는 아이들의 '자기 앞의 생'이 떠올랐다.

아이들과 일대일로 연결되어 정서적 지지를 시도하는 '이모 프로젝트'가 있다. 그러나 마음을 열지 않거나 어떻게 접근해야 할지 몰라 어려움을 겪는다는 이야기를 들었다. 사랑은 필요하지만, 그 사랑이 어떻게 다가가야 하는지는 결코 단순하지 않다. 그만큼 모모가 경험한 작고 따뜻한 순간들이 더 귀하게 느껴진다. 『자기 앞의 생』은 그런 삶의 진실을 차분하고도 강렬하게 전해주는 작품이다.

3

『달과 6펜스』
서머싯 몸

이상을 향한 예술, 인간을 버린 고독

서머싯 몸의 『달과 6펜스』는 제목부터 인상적이다. '달'은 인간이 결코 닿을 수 없는 이상을, '6펜스'는 발밑의 현실을 상징한다. 이 작품은 프랑스 후기 인상주의 화가 폴 고갱의 삶에서 영감을 받아, 예술을 향한 절대적 헌신이 인간적인 삶과 어떻게 충돌하는가를 탐구한 소설이다.

주인공 찰스 스트릭랜드는 런던의 증권거래소 중개인으로, 아내 에이미와 두 자녀를 둔 평범하고 안정된 가장이다. 그러나 어느 날 그는 아무런 설명도 없이 가족에게 짧은 편지 한 장만 남기고 파리로 떠난다. 이유는 단 하나 그림을 그리기 위해서다. "그림을 그리지 않으면 죽을 것 같다"는 단순하고도 광적인 열망이 그를 모든 관계로부터 단절시킨다.

스트릭랜드의 선택은 독자에게 충격적이다. 그는 가정을 버리고 그를 이해하려 했던 사람들에게 상처를 주며, 자신을 도운 친구의 아내 블랜치에게조차 비극적인 죽음을 안긴다. 그러나 그는 끝까지 어떤 후회도 보이지 않는다. 예술을 향한 그의 집착은 인간적인 책임과 감정을 초월한, 혹은 철저히 배제한 형태의 순수함으로 드러난다.

그의 방랑은 파리를 거쳐 마르세유로, 그리고 타히티섬으로 이어진다. 문명으로부터 완전히 떨어진 그곳에서 그는 원주민 소녀 아타와 함께 살며 창작에 몰두한다. 나병으로 몸이 문드러져 가면서도 오두막 벽에 그림을 그리는 그의 모습은 예술에 대한 광신을 넘어 일종의 종교적 헌신처럼 보인다. 그러나 그는 죽기 전, 자신의 그림이 세상에 남지 않기를 바라는 듯 오두막을 불태워 달라는 유언을 남긴다. 예술의 완성은 세속적 명예가 아니라 오롯이 자기 안에서의 해방에 있었던 셈이다.

화자인 '나'는 스트릭랜드를 관찰자 시점으로 그려내며, 그를 이해하려 애쓰지만 끝내 그의 내면을 완전히 파악하지 못한다. 서머싯 몸은 이를 통해 예술가의 본질적 고독과 타인의 이해를 거부하는 창조의 본능을 드러낸다. 영국으로 돌아온 화자가 스트릭랜드의 아내 에이미를 찾아가 남편의 최후를 전하자, 그녀는 오히려 남편과의 결혼생활을 아름답게 꾸며 언론에 이야기한다. 예술가의 광기와 그를 둘러싼 세속의 허구가 대조적으로 드러나는 장면이다.

　서머싯 몸은 이 작품을 통해 "인간은 바라는 대로 되는 것이 아니라, 어찌할 수 없이 결정된 존재"라고 말한다. 이는 일종의 운명론처럼 들리지만, 실은 인간이 본능적으로 추구하는 욕망과 이상, 예술, 자유 등이 얼마나 파괴적일 수 있는가를 보여주는 냉정한 성찰이다.

　『달과 6펜스』는 예술의 숭고함 뒤에 숨은 인간적 잔혹함을 직시하게 만든다. 스트릭랜드는 예술의 자유를 얻었지만, 그 대가로 모든 인간적 관계를 잃었다. 그는 달을 향해 손을 뻗었지만, 6펜스의 현실은 끝내 발밑에서 사라졌다. 그의 삶은 예술을 향한 절대적 열망이 인간의 삶을 구원하는가, 아니면 파괴하는가를 묻는 질문으로 남는다.

침묵 속에서 완성된 인간의 품격

존 윌리엄스의 『스토너』는 1965년 미국에서 처음 출간되었으나, 당시에는 거의 주목받지 못했다. 화려한 사건도, 드라마틱한 인생 역전도 없는 소설이었기 때문이다. 그러나 40여 년 뒤, 2006년 유럽에서 재출간되며 "20세기의 잊힌 걸작"이라는 찬사를 받았다. 삶의 소음을 걷어낸 이 조용한 이야기 속에서, 독자들은 오히려 자신들의 삶을 보았다. 그리고 지금, 『스토너』는 미국 문학의 고전으로 자리 잡았다.

주인공 윌리엄 스토너는 미주리의 가난한 농부의 아들로 태어나 부모의 기대 속에 농과대학에 진학한다. 그러나 어느 날, 우연히 들은 영문학 개론 강의에서 운명처럼 자신의 길을 발견한다. 문학이라는 새로운 세계는 그에게 한 줄기 빛이 된다. 그는 농부의 삶 대신 문학의 길을 택하고, 석사·박사 과정을 거쳐 대학교수가 된다. 하지만 그 선택이 그를 성공으로 이끈 것은 아니다. 그의 삶은 고요하고, 때로는 지독히 외롭다. 냉담한 아내와의 결혼생활, 학문적 불화, 세속적 무관심 속에서도 그는 묵묵히 자신의 자리를 지킨다.

『스토너』의 가장 두드러진 미학은 '조용함의 서사'다. 존 윌리엄스는 인생의 기승전결을 제거하고, 대신 인간 존재의 내면적 진동에 집중한다. 그는 감정의 격랑 대신 정직한 언어로 삶의 흐름을 기록한다. "밖의 추위를 맛본 탓에 건물 안의 온기가 강렬했다"라는 문장은 단순한 풍경 묘사 같지만, 스토너가 문학의 세계에 처음 발을 들이던 순간의 온기를 섬세하게 전한다. 윌리엄스의 문장은 감정에 휩쓸리지 않으면서도, 감정을 정확히 포착한다.

스토너는 세속의 눈으로 보면 실패한 인물이다. 그는 명성을 얻지 못했고, 가족에게 사랑받지 못했으며, 사회적으로도 크게 인정받지 못했다. 그러나 윌리엄스는 바로 그 '실패의 형식'을 통해 삶의 존엄을 드러낸다. 스토너는 결코 세상과 타협하지 않는다. 자신의 신념과 학문에 끝까지 충실하며, 사랑조차도 그 본질이 진실하지 않다면 붙잡지 않는다. 그는 자기 삶의 온도를 외부가 아니라 스스로 조절하는 인간이다. 그 점에서 그는 현대의 소음 속에 잊힌 '진정한 인간의 초상'이다.

소설의 말미에서 병든 스토너가 자신의 책을 들여다보며 조용히 세상을 떠나는 장면은, 패배의 결말이 아니라 완성의 순간이다. 그는 비로소 자신이 걸어온 길을 사랑할 수 있게 된다. "그의 삶은 실패한 것이 아니라, 그저 그 자신의 것이었다." 윌리엄스는 이 문장을 통해 삶의 의미를 외적 성취가 아닌 내면의 충실함에서 찾는다.

『스토너』는 결국 이렇게 묻는다. "당신은 진심으로 당신의 삶을 살아가고 있는가?" 성공을 향한 불안과 비교 속에 사는 우리에게, 스토너는 자기 삶의 리듬에 충실한 단단한 평범함을 일깨운다. 그는 세상을 바꾸지 않았지만, 자기 자신으로 살아내는 법을 알고 있었다.

소설을 다 읽고 나면 화려한 인생보다 묵묵한 성실의 아름다움을 음미하게 된다. 스토너의 조용한 생애는 우리에게 삶의 또 다른 정의를 들려준다. 그것은 "누구나 위대해질 수 있다"는 공허한 위로가 아니라, "누구나 자기답게 살 수 있다"는 가장 인간적인 진실이다.

5

『잠』
베르나르 베르베르

의식의 문을 여는 잠의 미학

현대인에게 숙면은 점점 얻기 어려운 상태가 되어 가는 듯하다. 복잡한 사회 구조와 끊임없이 쏟아지는 정보 자극 속에서 깊은 잠은 자주 끊긴다. 특히 스마트폰은 쉬지 않고 주의를 요구하며, 잠으로 들어가는 시간을 뒤로 미룬다. 베르나르 베르베르의 소설 『잠』은 이런 현실을 배경으로 삼아 수면을 인간 의식의 마지막 영역처럼 다룬다. 이 작품은 잠을 단순한 휴식이 아니라, 인간이 아직 충분히 이해하지 못한 또 하나의 세계로 바라보게 한다.

소설은 신경생리학자 카롤린과 의대생 아들 자크 클라인이 '수면의 마지막 단계'를 연구하는 이야기로 전개된다. 이들의 탐구 과정은 빠르게 흐르며, 장면들은 영상처럼 떠오른다. 과학 실험과 임상 연구가 중심에 놓이지만, 이야기는 그 틀에만 머물지 않는다. 말레이시아 세노이족의 꿈 문화와 자각몽, 즉 꿈속에서 꿈을 인식하는 경험이 더해지며, 현실과 꿈의 경계는 점점 흐려진다.

작가는 시간과 인식에 대한 질문을 이야기 속에 자연스럽게 배치한다. 모든 것이 상상에서 시작된다는 말은, 현실이 생각보다 단단하지 않다는 인상을 남긴다. 꿈과 현실은 완전히 나뉘기보다는, 어떤 순간에는 아주 얇은 선으로만 구분되는 듯 보인다. 이 대목은 세계를 바라보는 감각이 얼마나 인식에 좌우되는지를 떠올리게 한다.

작품 속 인물의 고백은 인간 내면을 정면으로 비춘다. 용서했다고 믿었던 감정이 사실은 마음 깊은 곳에 밀어 넣은 기억에 불과했음을 깨닫는 장면에서는, 감정이 얼마나 쉽게 자기 자신을 속일 수 있는지도 드러난다. 가장 두려운 존재가 타인이 아니라 자기 자신이라는 말은, 인간이 스스로의 내면을 마주하기를 얼마나 어려워하는지를 보여주는 듯하다. 소설은 수면의 구조를 설명하면서도, 동시에 인간 심리의 불안정함을 따라간다.

식생활에 대한 언급도 인상적으로 다가온다. 고기를 소비하는 방식이 어떻게 인간의 몸과 감각에 영향을 미치는지를 묻는 장면에서는, 풍요로움 뒤에 가려진 불편한 현실이 스친다. 먹는 행위가 단순한 선택이 아니라, 삶의 태도와 연결되어 있다는 문제의식이 조심스럽게 드러난다.

작품은 인간이 삶의 상당 부분을 잠으로 보낸다는 사실을 다시 환기한다. 깨어 있는 시간만이 삶의 전부는 아니라는 인식이 자연스럽게 따라온다. 꿈은 쓸모없는 잔상이 아니라, 새로운 생각이 태어나는 공간처럼 묘사된다. 실제로 많은 발견과 발상이 꿈에서 비롯되었다는 사례들은, 잠이 인간의 창조성과도 맞닿아 있음을 떠올리게 한다.

작가는 후기에서 이 소설이 불면의 경험에서 출발했음을 밝힌다. 잠들지 못하는 고통이 상상력으로 이어지고, 그 상상력이 다시 이야기가 되는 과정이 느껴진다. '클라인의 병'이라는 개념 역시 어렵기보다는, 안과 밖이 구분되지 않는 의식의 상태를 비유적으로 설명하는 장치처럼 사용된다.

후반부에서는 과학적 설명이 길어지며 서사의 리듬이 다소 느슨해지는 인상도 남는다. 그럼에도 『잠』은 단순한 과학소설로만 읽히지는 않는다. 이 작품은 인간이 언제 깨어 있고, 언제 비로소 자신을 마주하는지를 묻는 이야기로 남는다. 잠은 현실에서 벗어나는 시간이 아니라, 또 다른 방식으로 현실에 다가가는 순간처럼 느껴진다. 책을 덮은 뒤 깨어 있음보다 잠 속에서 더 많은 질문이 시작되는 것은 아닐지 생각하게 된다.

6

『그리스인 조르바』
니코스 카잔차키스

인간의 이중성이 꿈꾸는 자유

니코스 카잔차키스의 『그리스인 조르바』는 인간의 자유와 본능, 그리고 내면의 해방을 다룬 고전으로 여겨진다. 여러 번역본 가운데 유재원 교수의 그리스어 원전 번역은 원작의 숨결에 비교적 가까이 다가간 판본으로 보인다. 번역을 거치는 과정에서 의미의 결이 흐려지기 쉬운데, 이 번역은 그런 손실을 최소화하며 작가가 전하려 한 사유의 온기를 비교적 온전히 전한다.

카잔차키스는 실제로 '요르기오스 조르바스'라는 인물과 함께 탄광 사업을 시도했다가 실패한 경험을 작품의 바탕으로 삼은 것으로 알려져 있다. 자유를 삶의 중심 가치로 삼았던 그는 20세기 그리스 문학을 대표하는 작가로 평가받으며, 인간 삶의 근원을 끈질기게 들여다본 인물이기도 하다. 작품은 '나'라는 화자의 시선을 통해 조르바라는 인물을 비춘다. 절제와 사유 속에 머무는 '나'와, 충동과 본능을 따라 움직이는 조르바의 대비가 분명하게 드러난다. 조르바는 종교를 인간이 만든 장치로 여기고, 욕망을 숨기지 않는 인물로 그려진다.

삶과 죽음의 경계를 넘나들며 살아가는 그의 태도는 거칠면서도 핵심을 찌른다. 조르바는 말하고, 노래하고, 춤추고, 사랑하며, 산투리를 연주한다. 그의 행동 하나하나가 삶을 대하는 방식처럼 보인다. 그를 바라보는 '나'는 부러움과 두려움을 동시에 느끼는 모습으로 나타난다. 그것은 조르바의 자유로움 때문만이 아니라, 그의 모습이 화자 안에 숨겨진 본능을 그대로 비추고 있기 때문으로 읽힌다. 작품 곳곳에는 시처럼 오래 남는 문장들이 자리한다.

"밤에 밭에서 잠을 자면 오이 크는 소리가 크르르 크르르."
"세상의 모든 것에는 숨겨진 의미가 있다. 사람, 짐승, 나무, 별, 모든 것이 상형문자다."
"겨울은 딱딱한 껍질 뒤로 소리도 없이, 몰래, 밤낮으로 봄의 위대한 기적의 천을 짜고 있다."
이 문장들은 사건을 설명하기보다 세계를 바라보는 작가의 시선을 보여준다. 다만 시대적 한계 또한 분명히 드러난다. 여성에 대한 대상화나 비하 표현은 오늘의 감각으로는 불편하게 다가온다.
"여자들도 사람이에요. 우리와 똑같은 인간이라고요. 다만 우리보다 더 형편없는 인간이죠."

이 문장은 조르바의 자유가 결코 완전하지 않다는 점을 드러내며, 한 인간이 꿈꾸는 자유가 얼마나 쉽게 타인을 배제할 수 있는지도 보여준다. 이 작품이 붙잡고 있는 중심은 이상적인 자유의 찬양이라기보다, 인간을 향한 집요한 질문에 가까워 보인다.

"인간이 최고의 경지에 오르는 방법은 지식이나 선한 의지에 있는 것이 아니라, 신성한 두려움과 경외감에 있다."

카잔차키스가 말하는 '신'은 교리 속의 신이 아니다. 그것은 아이의 웃음일 수도 있고, 새벽의 공기나 바닷물 한 모금일 수도 있다. 신은 개념이 아니라 삶의 감각으로 제시된다. 『그리스인 조르바』는 이성적인 자아와 본능적인 자아 사이의 긴장을 따라가며, 자유란 결국 자기 안의 모순을 인정하는 일에 가깝다는 점을 시사한다. 조르바는 무질서하고 충동적이지만, 동시에 삶을 가장 거칠게, 그러나 솔직하게 살아가는 인물로 그린다.

읽고 나면 이런 질문이 남는다. 나는 어떤 목표를 세우며 살아가고 있는가. 그것은 나 자신을 위한 것인가, 타인을 위한 것인가, 아니면 막연한 이상을 향한 것인가. 완벽하지 않기에 더 인간적으로 다가오는 이 작품은 '고전'이라는 말의 의미를 다시 떠올리게 한다. 삶과 자유, 구원과 욕망의 경계를 넘나드는 조르바의 모습 속에서, 독자는 자유를 꿈꾸는 또 하나의 인간, 곧 자기 자신의 모습을 마주하게 된다.

7

『허삼관 매혈기』
위화

매혈에 생계가 달린 삶

'매혈'이라는 단어가 낯설게 다가왔다. 피를 팔아 생계를 이어가는 한 남자, 허삼관의 삶을 그린 이 소설은 가난이 인간의 존엄을 어떻게 시험하는지를 적나라하게 보여준다. 우리나라에서도 한때 매혈이 성행했다. 1999년 〈혈액관리법〉 개정으로 매혈이 금지되기 전까지, 혈액은 사고파는 자원이기도 했다. 조정권의 「매혈자들」처럼 매혈을 다룬 작품도 있으며, 미국은 지금도 일정 조건 아래 매혈이 법적으로 허용되어 있다.

이러한 사회적 배경 속에서 『허삼관 매혈기』는 한 개인의 피와 땀이 가족의 생명줄로 이어지는 비극의 기록이다. 주인공 허삼관은 생사生絲 공장에서 누에고치를 공급하며 근근이 살아가는 노동자다. 그는 우연히 피를 팔아 돈을 벌 수 있다는 사실을 알게 되고, 첫 매혈로 얻은 삼십오 원을 들고 허옥란과 결혼한다. 그 장면부터 독자의 가슴은 묘하게 저릿하다. 피를 더 많이 뽑기 위해 물을 억지로 들이켜고, 소변을 참으며 고통을 견디는 장면은 슬픔과 웃음이 교차하는 아이러니한 현실로 다가온다.

매혈을 마친 남자들이 승리반점에서 돼지간볶음에 황주 두 냥을 곁들이는 장면은 잔혹하면서도 인간적이다. 돼지간은 보혈에 좋고, 황주는 혈액순환을 돕는다는 믿음 때문이다. 그러나 흥미롭게도 소설에는 여성의 매혈이 전혀 등장하지 않는다. 그 시대의 가부장적 구조와 노동의 성별화가 은연중에 드러나는 대목으로 읽힌다.

허삼관의 가족사는 더 큰 시련을 예고한다. 아내 허옥란은 첫째 일락이를 낳은 뒤, 이락이와 삼락이를 연달아 낳는다. 그러나 어느 날, 동네 사람들은 일락이가 허삼관이 아니라 하소용을 닮았다고 수군거린다. 결국 허삼관도 그 말을 믿고 아내와 아이를 몰아세운다. 분노와 수치심 끝에 그는 일락이를 하소용에게 보내지만, 하소용조차 그 아이를 받아들이지 않는다. 그러나 허삼관에게도 숨기고 싶은 과거가 있다. 결혼 전 공장에서 함께 일하던 임분방과의 관계가 드러나면서, 그는 자신이 저지른 모순을 깨닫는다. 그제야 그는 일락이를 진심으로 받아들이고, 다시 가족으로 품에 안는다. 피가 아니라 마음으로 이어지는 부성애가 회복되는 순간이다.

가난은 이 가족을 끝없이 시험한다. 문화대혁명 시기, 그들은 두 달 가까이 옥수수죽으로 연명하며 극심한 굶주림을 견딘다. 고기를 상상으로 먹는 장면에서는, '무엇이든 먹을 수 있는 지금의 풍요'가 오히려 부끄럽게 느껴진다.

소설의 시대적 배경인 1966년 중국은 마오쩌둥의 문화대혁명으로 인해 국민들의 삶이 철저히 붕괴된 시기였다. 사상 정화라는 명목 아래 농지는 국유화되고, 개인의 존엄은 무너졌다. 허옥란이 대자보에 의해 중상모략을 당하는 장면은 그 시대의 폭력을 상징한다. 권력자의 한마디가 인민의 삶을 송두리째 흔들던 시절, 개인은 무방비 상태로 놓여 있었다.

결국 이야기의 정점은 '피'로 돌아간다. 혈연이 아니라고 의심했던 일락이가 간염으로 쓰러지자, 허삼관은 그를 살리기 위해 병원을 전전하며 매혈을 거듭한다. 돈도, 체력도, 희망도 바닥난 상황에서 그는 마지막 남은 생명력마저 아이에게 건넨다. 그 순간 피붙이라는 단어가 얼마나 절절한 의미를 갖는지 새삼 크게 다가온다.

"피가 땀처럼 덥다고 솟아나는 것도 아닌데…… . 식구들이 오십칠 일간 죽만 마셨다고 또 피를 팔았고, 앞으로 또 팔겠다는데…… . 하지만 그렇게 하지 않으면 어떻게 견디나…… . 이

고생은 언제야 끝이 나려나.”

삶은 잔혹하지만, 허삼관은 끝내 무너지지 않는다. “모진 것이 목숨”이라는 말처럼, 인간은 절망 속에서도 기어이 살아낸다. 하지만 작가는 단지 개인의 생존담을 그리지 않는다. 허삼관이 흘린 피는 한 시대가 강요한 희생을 함께 떠올리게 한다.

『허삼관 매혈기』는 단순한 가족 소설이 아니다. 그 속에는 역사와 사회, 인간의 존엄이 한데 엉켜 있다. 허삼관이 흘린 피는 한 시대가 흘린 눈물이다. 이 작품은 고통을 견디며 살아가는 인간의 위대함을 노래하고, 동시에 역사를 거울삼아 오늘을 성찰하라고 요구한다. 오래된 이야기를 통해 새로운 깨달음을 얻는다는 ‘온고지신溫故知新’처럼, 이 소설은 과거의 비극을 되새기며 오늘의 인간을 다시 묻는다. 피로 이어진 생의 기록, 그것이 바로 『허삼관 매혈기』가 전하는 인간의 진실이다.

『공무도하』
김 훈

존재를 건너는 물소리

『공무도하』는 사람이 삶의 끝에서 다시 떠올리는 장소, 흔히 고향이라 부르는 곳에 대한 이야기로 시작된다. 김 훈은 '해망'이라는 바닷가 마을을 무대로 삼아 떠남과 돌아옴이 반복되는 삶의 모습을 따라간다. 이야기는 거대한 사건을 앞세우기보다 사람의 일상과 선택이 어떻게 이어지는지를 차분히 보여준다. 여러 인물의 사연이 겹쳐지며, 하나의 삶이 아니라 여러 삶이 나란히 흘러간다.

이 소설에서 인간의 삶은 크게 다르지 않게 그려진다. 누구나 태어나고 살아가며 늙고 사라진다는 점에서는 비슷하다. 그러나 그 과정을 채우는 모양은 모두 다르다. 『공무도하』의 인물들은 각자의 자리에서 기쁨과 슬픔, 부족함과 충족감을 안고 살아간다. 어떤 삶은 고요하고, 어떤 삶은 거칠게 흔들리며, 그 차이는 선택과 상황에서 생겨난다.

김 훈은 인간이 혼자 존재할 수 없다는 사실을 계속해서 드러낸다. 사람은 자연 속에서 살고, 사회 안에서 관계를 맺으며, 공동체의 규칙에 기대어 하루를 버틴다. 자연은 배경이 아니라 삶을 떠받치는 조건으로 등장한다. 인간은 자연을 훼손하면서도, 그 안에서만 살아갈 수 있다는 모순적인 현실이 반복해서 암시된다.

베트남에서 시집온 여성 '후에'의 이야기는 이 소설에서 중요한 자리를 차지한다. 그는 이방인으로 살아가며, 언어와 문화의 차이 속에서 고립을 겪는다. 이 서사는 다문화 사회라는 말 뒤에 가려진 개인의 외로움을 보여준다. '다르다'는 이유로 밀려난다는 것이 어떤 의미인지, 후에의 삶을 통해 조용히 드러난다.

제목인 『공무도하』는 고대 가요 「공무도하가」를 떠올리게 한다. 백수 광부가 건넜던 강은 이 소설에서 여러 의미로 변주된다. 그것은 실제 강일 수도 있고, 사람과 사람 사이의 거리일 수도 있다. 삶과 죽음의 경계처럼 느껴지기도 하고, 하나의 사건에서 다음 사건으로 넘어가는 흐름처럼 읽히기도 하는 옴니버스식의 이야기다.

김 훈은 강 저편의 이야기가 아니라, 강 이편의 이야기를 쓰고 싶었다고 말한 바 있다. 그러나 독자는 읽는 동안 자연스럽게 저쪽을 상상하게 된다. 경계는 나누는 선이라기보다, 서로를 의식하게 만드는 자리처럼 보이기 때문이다. 강을 건넌다는 것은 결국 타인에게 다가가는 일이며, 동시에 스스로의 시간을 돌아보는 행위로 이어진다.

김 훈의 문장은 이 작품에서 더욱 절제되어 있다. 꾸밈을 덜어낸 문장 사이에는 여백이 많다. 그 여백은 설명 대신 침묵으로 남아, 독자가 스스로 생각할 시간을 남긴다. 말하지 않은 부분이 오히려 더 많은 장면을 떠올리게 한다.

『공무도하』는 강을 건너는 이야기이면서, 누구나 언젠가 마주하게 될 내면의 경계에 대한 이야기로 읽힌다. 삶과 죽음 사이, 나와 타인 사이에서 사람은 늘 선택을 요구받는다. 어떤 다리를 놓을지, 혹은 건너지 않은 채 머물지에 대한 질문이 따라온다.

"너는 지금 어디에 서 있는가. 그리고 무엇을 건너려 하는가."
강을 건넌다는 것은 거창한 결단이 아닐 수도 있다. 하루를 살아내며 한 발 내딛는 일일지도 모른다. 『공무도하』는 그 과정을 재촉하지 않는다. 다만 물소리처럼 낮고 끈질기게, 삶의 방향을 다시 돌아보게 한다. 그 물소리는 크지 않지만 오래 남는다.

9

『채식주의자』
한 강

식물로 피어난 고독

『채식주의자』는 맨부커상을 수상하며 국제적인 주목을 받았다. 이 상은 흔히 노벨문학상에 비견될 만큼 영향력이 크다고 평가된다. 수상 소식과 함께 작품 판매량이 급증한 현상은, 우리 사회가 해외의 권위에 얼마나 민감하게 반응하는지를 보여준다. 이 작품을 통해 한 강은 더 이상 누구의 가족으로 소개되지 않고, 이름 자체로 인식되는 작가가 되었다.

수상의 배경으로 번역의 역할을 언급하는 시선도 존재한다. 한국어 특유의 리듬과 뉘앙스가 그동안 충분히 전달되지 못했다는 지적에는 고개가 끄덕여진다. 어떤 이유에서든 『채식주의자』는 이 시점에 다시 읽히게 되었다. 나 역시 그런 흐름 속에서 이 책을 펼쳤다.

이 작품은 「채식주의자」, 「몽고반점」, 「나무 불꽃」, 세 편의 중편으로 구성되어 있다. 각 이야기는 독립적으로 읽히지만, 인물 '영혜'를 중심으로 느슨하게 연결된다. 서사는 한 인물의 선택이 주변 사람들의 삶을 어떻게 흔드는지를 따라간다.

첫 번째 이야기 「채식주의자」는 영혜의 꿈에서 시작된다. 반복되는 악몽과 과거의 기억은 그녀를 고기 없는 식사로 이끈다. 이 선택은 건강이나 신념의 문제가 아니라, 몸으로 표현된 거부에 가깝게 느껴진다. 그러나 변화의 이유는 충분히 설명되지 않는다. 남편은 무심하고, 가족은 강압적이다. 고기를 먹이려는 식사 자리에서 폭력은 자연스럽게 등장한다. 독자는 이 과정을 이해하기보다 지켜보게 된다. 감정이입보다는 불편함이 앞선다.

두 번째 이야기 「몽고반점」은 시선을 형부에게 옮긴다. 그는 처제의 몸에 남은 몽고반점에서 영감을 얻었다고 말한다. 예술이라는 말은 그의 욕망을 가리는 명분으로 사용된다. 바디 페인팅은 점점 선을 넘고, 관계는 돌이킬 수 없는 지점으로 흘러간다. 여기서 작품은 욕망이 어떻게 타인을 침범하는지를 노골적으로 드러낸다. 가정이라는 공간이 얼마나 쉽게 무너질 수 있는지도 함께 보여준다.

세 번째 이야기 「나무 불꽃」은 정신병원에 있는 영혜와 그녀의 언니를 따라간다. 영혜는 더 이상 음식을 거부하는 데서 멈추지 않는다. 그녀는 자신이 나무가 되고 있다고 믿는다. 물만으로 살 수 있다고 말한다. 언니는 그런 영혜를 돌보며 자신의 삶을 되돌아본다. 초록빛 불꽃에 대한 환영은 두 사람 사이에 조용히 번진다. 그것은 희망이라기보다 더 이상 버틸 수 없다는 신호처럼 보인다.

이 장면을 읽으며 고흐의 사이프러스 나무가 떠올랐다. 하늘을 찌를 듯 타오르던 그 나무처럼, 영혜의 환상도 위태롭고 격렬하다. 살아 있으려는 몸부림인지, 사라지고 싶은 욕망인지는 쉽게 구분되지 않는다.

솔직히 말하면, 이 소설이 완결된 형태로 느껴지지는 않는다. 이미 오래전에 발표된 작품이 번역을 통해 세계 무대에 오른 과정에는 우연도 작용했을 것이다. 출판 환경과 상의 영향력 역시 무시할 수 없다. 그럼에도 불구하고 이 작품이 남기는 장면들은 쉽게 사라지지 않는다.

고기를 거부하고, 인간의 몸을 벗어나 식물이 되려 한 한 여성의 이야기는 문학이 어디까지 밀고 들어갈 수 있는지를 보여준다. 『채식주의자』는 아름답기보다 불편하다. 이해되기보다 오래 남는다. 상처 위에서 피어난 이야기라는 점에서, 이 작품은 여전히 읽히는 이유를 지닌다.

10

침묵과 삶의 결이 스치는 자리

한 강의 『흰』은 이전 소설들과는 다른 결로 다가온다. 이야기를 따라가기보다 문장 하나하나에 머물게 되는 책이다. 시처럼 응축된 언어가 독자의 가독 속도를 늦춘다. 책의 첫 장에서 '문'과 '흰 강보'가 등장하는 순간, 이미 분위기는 정해진다.

'배내옷' 장에서 "내 어머니가 낳은 첫아기는 태어난 지 두 시간 만에 죽었다. 죽지 마라 제발"이라는 문장을 읽을 때, 설명보다 감각이 먼저 와 닿는다. 이어지는 '젖'의 장면에서는 아기가 먹지 못한 흰 젖에 대한 마음이 살며시 번진다. 이것이 작가의 실제 경험인지, 문학적 설정인지는 분명하지 않다. 다만 그 모호함이 오히려 사실처럼 느껴진다. 이 책에서 '흰 것들'은 상징이라기보다 체온을 가진 기억처럼 다가온다.

『흰』은 분량이 많지 않다. 하지만 짧다고 해서 가볍지는 않다.

카프카의 단편처럼 읽는 시간보다 남는 시간이 더 길다. 한 강은 흰옷을 입던 한국의 오래된 풍경을 자신의 이야기 안으로 끌어온다. 흰색은 여기서 장식이 아니다. 잃은 것과 남은 것 사이에서 삶을 대하는 태도에 가깝다. 죽음을 오래 바라보지만, 그 시선이 결국 삶 쪽으로 기운다.

한 강의 문장은 조용하다. 그러나 그 안에는 작은 파문이 있다. "내가 겪어온 삶의 모든 기억들이, 그 기억들과 분리할 수 없는 내 모국어와 함께 봉인된 것처럼 느껴진다"는 문장은, 말과 기억이 얼마나 가까이 붙어 있는지를 떠올리게 한다. 이 책에서 고립은 단절이라기보다 기억이 다시 떠오르는 통로처럼 보인다.

"손수건 한 장이 가장 느리게 마지막으로 떨어졌다"는 장면은 죽음을 직접 말하지 않는다. 대신 흰 풍경 하나로 그 순간을 보여준다. "시골 본가에 찾아간 밤이면 알알이 소금 같던 수천의 별들"이라는 문장에서는 잃어버린 시간과 고향의 공기가 함께 떠오른다. "그는 하얗게 웃었어"라는 짧은 문장은, 인간이 자기 안의 어둠에서 벗어나려는 몸짓처럼 읽힌다.

이런 문장들은 슬픔을 쌓아 올리기보다, 슬픔을 다른 결로 바꾸어 놓는다. 한 강의 글이 단순한 비탄의 기록이 아니라는 인상이 여기서 생긴다. 그녀는 고통을 그대로 두지 않고, 빛에 가까운 언어로 옮겨 놓는다.

"어떤 기억들은 시간으로 인해 훼손되지 않는다"는 문장은 이 책의 중심에 가깝다. 시간은 상처를 지워주기보다 더 또렷하게 남기기도 한다. 『흰』에서 시간은 치유의 도구라기보다, 기억을 반복해서 불러오는 흐름처럼 느껴진다. 그러나 그 반복 속에서 살아 있다는 감각도 함께 드러난다.

한 강의 글은 머리보다 가슴에 먼저 닿는다. 계산된 문장이라기보다, 견디며 써 내려간 문장처럼 보인다. 그래서 읽는 쪽도 편안하지는 않다. 그 불편함이 이 책을 쉽게 잊지 못하게 만든다.

책을 읽으며 흰색에 대한 개인적인 기억도 떠오른다. 어느 순간부터 흰색이 오래 눈에 남기 시작했다. 공원에서 본 흰 무궁화와 만첩백도화 이후였다. 그 색을 보며 자연스럽게 어머니의 삶이 겹쳐졌다. 일찍 남편을 떠나보내고, 논밭과 집 안을 오가며 자식들을 키워낸 삶이었다. 말수가 적고, 스스로에게 더 엄격했던 사람이었다.

시제 모시러 가던 아버지를 위해 두루마기에 풀을 먹이던 손길이 아직도 기억에 남아 있다. 그 어머니가 울던 모습을 한 번 본 적이 있다. 기르던 돼지 새끼들이 모두 죽었을 때였다. 그 날 밤 등을 돌리고 울던 어깨가, 이상하게도 희게 기억 속에 남아 있다.

그 이후로 흰 꽃을 볼 때마다 어머니의 모습이 함께 떠올랐다. 삶의 색이 흰빛으로 남은 사람처럼 느껴지기 때문이다. 『흰』을 읽으며 알게 된다. 이런 흰색은 개인의 기억을 넘어, 많은 사람들의 마음과 닿아 있다는 사실을. 이 책은 말하지 않는 방식으로 많은 것을 건넨다. 『흰』은 설명하지 않고, 대신 곁에 남는다. 조용히 읽히고, 오래 머무는 책으로 기억된다.

냄새로 흔적을 남기려 한 삶

처음 『향수』라는 제목을 보았을 때, 고향을 떠올리게 된다. 그러나 그것은 동음이의어에서 비롯된 오해에 가깝다. 쥐스킨트가 말하는 '향기'는 단순한 냄새가 아니라 기억으로 통하는 감각에 가깝다. 사람은 저마다 자신만의 냄새와 함께 살아온 시간을 품고 있는 듯하다.

삼복더위에 밴 어머니 적삼의 땀 냄새, 저녁연기와 함께 퍼지던 호박국의 구수함, 마당을 지날 때마다 스며들던 방앗간의 가래떡 냄새, 논두렁 이슬에 밴 벼의 냄새까지. 사람은 떠나도, 그가 남긴 냄새의 결은 오래 기억 속에 머문다.

쥐스킨트의 주인공 장 바티스트 그르누이는 세상에 환영받지 못한 채 태어난 인물로 그려진다. 생선가게의 악취 속에서 태어나자마자 어머니에게 버려지고, 누구에게도 사랑받지 못한 채

자란다. 더욱 특이한 점은 그에게 아기 특유의 냄새가 없다는 사실이다. 냄새의 부재는 곧 돌봄의 부재로 이어진다. 사람들은 그를 불안해했고, 유모조차 악마의 자식이라며 등을 돌린다. 그러나 역설적으로 그는 인간 가운데 가장 예민한 후각을 지닌 존재로 성장한다.

그르누이는 무두장이로 일하며 악취 속에서 세상의 냄새를 익혀간다. 그러던 어느 날, 불꽃놀이의 소음 사이로 스쳐 가는 한 줄기 향기에 사로잡힌다. 그는 그 향기를 따라가 한 소녀를 죽이고, 그녀의 체취를 들이마신다. 이 장면에서 살인은 욕망의 분출이라기보다 향기를 붙잡으려는 행위에 가깝게 읽힌다. 이후 그는 향수 제조 기술을 배우며 비범한 재능을 드러낸다. 꽃과 풀, 동물과 금속, 나아가 돌에서조차 향을 끌어내는 그의 손끝은 인간의 감각을 넘어선 경지로 향해 간다.

그러나 그의 집착은 점차 인간의 냄새로 옮겨간다. 피어나는 소녀들의 체취에 도취된 그는 연쇄살인을 저지르고, 마침내 향기를 봉인한 향수를 완성한다. 체포되어 처형대에 선 그는 자신의 향수를 한 방울 떨어뜨린다. 그 순간 군중은 이성을 잃고, 그를 신처럼 떠받들며 사랑에 취한다. 단 하나의 향기가 사회의 질서와 판단을 무너뜨리는 장면이다. 그러나 그 힘은 오래 지속되지 않는다. 그르누이는 향수의 위력 앞에서 스스로 공허해지고, 결국 군중에게 찢겨 죽음에 이른다. 향수는 그에게 구원이 아니라 삶을 지워버린 파멸의 표식으로 남는다.

쥐스킨트는 이전 작품 『좀머 씨 이야기』에서 도망과 부재를 통해 인간의 공허를 비춘 바 있다. 『향수』에서는 한층 더 어두운 방식으로 욕망과 고독을 따라간다. 18세기 프랑스라는 배경 속에서 그는 '냄새'라는 감각을 매개로 인간의 흔적을 추적한다. 냄새는 눈에 보이지 않지만, 바로 그 보이지 않음 속에서 인간의 핵심적인 면모가 드러나는 듯하다.

이 소설은 묻는 듯하다. 인간은 무엇으로 기억되는가. 향기는 사라지지만, 그 여운은 쉽게 지워지지 않는다. 그르누이가 세상을 뒤흔들었던 향수처럼 『향수』는 보이지 않는 감각을 통해 인간의 내면을 드러낸다. 결국 이 작품은 냄새로 자신을 증명하려 했던 한 인간의 비극을 따라가며, 인간이 어떤 흔적을 남기며 살아가는지를 되묻고 있다.

수레바퀴 아래서, 깔려버린 청춘

"고통에서 도피하지 마라. 고통의 밑바닥이 얼마나 감미로운 것인지 맛보라."

헤르만 헤세의 이 말에서는 고통을 단순한 불행이 아니라, 삶을 통과하는 하나의 길로 바라보는 시선이 드러난다. 고통은 겪어보지 않으면 알 수 없고, 감당할 준비가 되었을 때 비로소 삶을 다시 보게 만드는 계기가 되기도 한다. 신을 의지하며 살아가는 이들에게는 그 의미가 더욱 깊게 다가오는 듯하다.

『수레바퀴 아래서』는 헤세 자신의 청소년기가 짙게 겹쳐진 작품으로 읽힌다. 감성과 생기가 자라나야 할 시기에 제도와 규율이 먼저 덮쳐온 한스의 모습은, 오늘날 교육 현실 속 학생들과 겹쳐진다. 시대는 달라졌지만, 경쟁과 성취를 앞세우는 구조는 크게 달라 보이지 않는다. 나의 어린 시절에도 학교 앞에는 '서울대 합격'이라는 현수막이 걸려 있었다. 가족은 자랑스러워했고, 학교는 성과처럼 내세웠다. 한스 역시 비슷한 길을 걷는다. 부모의 기대에 부응하며 시험을 통과할 때마다 주목을 받았고, 사람들은 그의 성취를 통해 자신이 빛나는 듯 느꼈다.

그러나 한스가 가장 편안함을 느낀 순간은 자연 속에 있을 때, 감각으로 세상을 마주할 때였다. 그는 공부보다 예술과 감성에 가까운 아이였다. 하지만 아버지는 아들의 기질보다 '좋은 학교, 좋은 직업'을 중시했고, 그 선택은 한스를 점점 숨막히게 만든다.

신학교의 빽빽한 교육 과정은 한스의 숨쉴 틈을 앗아간다. 감정을 눌러야 하는 수업 속에서 그는 점차 지쳐가고, 결국 학업을 내려놓은 채 고향으로 돌아온다. 엠마와의 사랑이 조금만 더 이어졌더라면 삶의 방향이 달라졌을지도 모른다는 생각이 스친다. 그러나 그는 사랑마저 붙잡지 못한 채 공장에서 일하다 허무하게 생을 마감한다.

이 죽음은 개인의 불운으로만 읽히지 않는다. 젊은 생을 몰아세운 사회를 향한 질문처럼 다가온다. 한스가 종교를 시험 과목이 아니라 삶을 버티게 하는 힘으로 만났다면 어땠을까. 자기 안에서 견딜 힘을 키울 시간을 허락받았다면 결과는 달라졌을지도 모른다. 그러나 그는 너무 이른 시기에 수레바퀴 아래 깔리고 만다.

헤세는 자연을 그리는 데 유난히 섬세한 작가다. 한스가 낚시
하던 계곡, 계절마다 달라지는 산의 색과 공기, 나무와 풀의 냄
새가 손에 잡히듯 펼쳐진다. 특히 엠마와 처음 마주한 사과즙
짜는 장면은 오래 남는다. 입안에 퍼지는 사과 향처럼, 두 사람
의 풋풋한 감정이 풍경과 함께 살아 움직이는 듯하다.

한스의 장례식에서 신학교 교장은 "우리가 그 아이를 너무 몰
아붙인 건 아닐까"라고 말한다. 그러나 그 말은 뒤늦은 자책에
머문다. 한스는 이미 세상에 없고, 어떤 말도 그 시간을 되돌리
지는 못한다.

『수레바퀴 아래서』는 출간 당시 독일 교육계에 적지 않은 충
격을 주었다. 이 작품을 읽으며 『스토너』의 스토너, 『젊은 예술
가의 초상』의 스티븐 디덜러스를 떠올리게 된다. 이들 역시 제
도와 체제 속에서 '자기답게 사는 일'의 고통을 겪는다. 결말은
서로 다르지만, 그 길이 외롭고 험하다는 점에서는 닮아 있다.

오늘의 사회 역시 '좋은 학교'와 '좋은 직업'이라는 수레바퀴
를 멈추지 않고 굴리고 있다. 그 아래에서 더 많은 청춘이 짓눌
리지 않기를 바라는 마음이다. 헤르만 헤세의 이 소설은 조용한
목소리로, 그러나 분명하게 전한다. 한 사람의 삶은 어떤 성취
보다 앞선다는 사실을 잊지 말아야 한다고.

사랑과 결핍의 거울

독서 모임에서 프랑스 문학을 함께 읽고 있다. 두꺼운 장편들이 연이어 목록에 오르지만, 시력 탓에 두꺼운 책을 오래 붙잡기는 쉽지 않다. 그런 가운데 알렉상드르 뒤마 피스의『춘희』는 비교적 짧은 분량이라 빨리 읽을 수 있었다. 이 작품은 희곡과 오페라로 여러 차례 각색되었고, 베르디의 오페라 <라 트라비아타>로 특히 널리 알려져 있다.

뒤마 피스는 파리에서 태어난 사생아였다. 어린 시절 어머니와 떨어져 아버지의 손에서 자랐고, 그 경험은 그를 사회의 이면과 인간의 외로움에 예민한 작가로 이끌었다고 전해진다.『춘희』의 원제는『동백꽃을 든 여인』이다. 일본을 거쳐 들어오며 '춘희'라는 이름으로 굳어졌다. 작품 속 마르그리트 고티에는 실제 인물인 마리 뒤플레시스를 떠올리게 한다. 파리 사교계의 여인이자 작가의 연인이었던 그녀는 늘 동백꽃을 지녔고,

사회의 애정 바깥에서 여성의 삶을 살았다. 어머니의 상처를 지켜본 작가는, 글 속에서 그 고통을 다시 불러 안으려 했던 듯 보인다.

19세기 파리 사교계에서 마리 뒤플레시스는 단순한 '화류계 여성'으로만 설명되기 어렵다. "왕의 애첩으로 착각할 만큼 품위가 있었다"는 기록처럼, 그녀는 아름다움과 교양, 예술적 감각을 함께 지닌 인물로 회자된다. 뒤마 피스는 이런 여성을 통해 타락의 이미지 대신 인간적인 온기를 비추려 한 것으로 읽힌다.

이야기는 젊은 귀족 아르망과 마르그리트의 사랑으로 전개된다. 마르그리트는 사회의 시선 속에서도 진심 어린 관계를 꿈꾸고, 아르망은 그 마음에 이끌린다. 그러나 아르망의 아버지가 가문의 명예를 이유로 개입하면서 갈등이 깊어진다. 마르그리트는 두 사람을 지키기 위해 스스로 물러나지만, 그 선택은 사랑의 단절로 이어진다. 병으로 생을 마친 뒤, 뒤늦게 돌아온 아르망은 그녀가 남긴 흔적과 마주한다. 유품 속 『마농 레스코』와 일기장은, 마지막 순간까지 놓지 않았던 감정의 흔적으로 남는다.

『춘희』의 서사는 단순한 구조를 지니지만, 감정의 결은 섬세하다. 뒤마 피스는 사회적 낙인 아래 놓인 여성의 마음을 인간적인 시선으로 바라본다. 사랑을 도덕의 기준으로 재단하기보다, 인간이 품을 수밖에 없는 진실한 감정으로 다룬다. 마르그리트의 사랑은 비극으로 끝나지만, 그녀의 삶이 그로 인해 가벼워지지는 않는다.

작품 속 메시지는 사랑의 지속보다는 그 순간의 진정성에 가깝다. 사랑은 오래 머물지 않을 수 있지만, 한때의 진실한 마음만큼은 쉽게 지워지지 않는다. 화려한 도시와 냉혹한 사회의 경계에서, 한 여인의 선택은 인간 안에 남아 있는 순수한 빛을 비춘다.

『춘희』는 슬픈 연애 이야기로만 읽히지 않는다. 사랑과 결핍, 그리고 인간이 끝까지 놓지 않으려 하는 존엄에 대한 질문이 그 안에 겹쳐 있다. 뒤마 피스는 이 여린 감정의 궤적을 따라, 독자에게 조심스럽게 묻는 듯하다. 사랑이 죄로 취급되는 순간, 인간은 무엇에 기대어 자신을 지킬 수 있는가.

향기로 남은 사랑의 형상

정은궐의 『해를 품은 달』은 '난향蘭香'이라는 은유로 이야기를 시작한다. 난향은 단순한 향기를 가리키지 않는다. 그것은 이성 간의 매혹을 넘어, 고귀하고 투명한 사랑의 결을 상징하는 이미지로 사용된다. 향기가 보이지 않으면서도 깊이 스며들듯, 작가는 감각으로 포착하기 어려운 사랑의 흐름을 언어로 끌어올린다.

연우와 훤 사이를 오가는 한시는 두 사람의 정신적 교감을 매개하는 동시에 서사의 리듬을 형성하는 시적 장치로 작동한다. 왕실의 권력 투쟁과 간택 제도를 둘러싼 음모는 무녀라는 신비적 존재를 호출하며 이야기를 확장한다. 대제학의 딸 연우는 세자빈으로 책봉되지만, 외척 세력의 계략에 휘말려 죽음을 맞는다. 성수청 도무녀 장씨의 손에서 살아난 그녀는 명문가의 딸에서 무녀 월로 전락하고, 사랑과 가족으로부터의 단절을 감내하게 된다. 그러나 관계는 쉽게 끊어지지 않는다. 훤은 우연히 만난 무녀 월의 향기 속에서 잊고 있던 연우의 흔적을 감지한다. 이 장면에서 사랑은 이름과 신분을 넘어 감각으로 되살아나는 것으로 그려진다.

왕위에 오른 훤에게도 연우의 부재는 권력의 성취를 공허하게 만든다. 정비 윤씨와의 형식적인 혼인, 세자빈 시해 사건을 추적하는 과정 속에서 그는 점차 사랑과 권력 사이의 간극을 자각하게 된다. 외척의 비리를 척결하며 왕권은 안정되지만, 인간 훤의 내면은 단 한 사람의 부재 앞에서 여전히 흔들린다. 액받이 무녀로 침소에 든 월에게서 다시 난향을 맡는 순간, 사랑은 권력의 질서를 벗어나 생명력을 회복하는 것으로 묘사된다.

이 작품은 단순한 로맨스로 환원되지 않는다. 서자인 양명군의 질투, 운검 제운의 충성, 허염의 의리와 고통이 얽히며, 인간과 권력, 사랑과 의무 사이의 긴장이 촘촘히 드러난다. 모든 관계는 결국 훤과 연우의 사랑으로 모이지만, 그 과정에서 드러나는 상처와 균열은 이야기를 단선적인 결말로 수렴시키지 않는다. 작가는 사랑이 권력과 신분, 사회적 책무의 경계를 넘어설 때 비로소 유지될 수 있음을 서사적으로 제시한다.

특히 눈에 띄는 것은 언어의 결이다. 월이 훤을 떠나며 내뱉는 마지막 말은 이별의 통곡에 머무르지 않는다. 그것은 사랑이 감각과 사물의 경계를 넘어 삶 전체를 관통하는 경험임을 암시한다. 보슬비와 풀, 바람결과 도포 자락, 신발과 삿갓에 스며드는 감정의 은유는 사랑을 세계와 접속하는 하나의 사건으로 확장시킨다.

서술 방식 또한 인상적이다. 1인칭 시점은 독자를 사건의 내부로 밀착시키고, 유려한 문장은 900쪽에 이르는 서사를 과도한 피로 없이 이끈다. 페이지를 넘기게 만드는 힘은 극적인 사건보다 언어의 밀도와 감정이 남기는 여운에서 비롯된다. 소설을 낮게 보던 조선의 선비들조차 은밀히 탐독했을 법한 이유가 이 지점에서 짐작된다. 물론 아쉬운 대목도 있다. 월이 곧 연우임이 비교적 이른 시점에 드러나면서 긴장감이 다소 완화된다. 또한 "가슴이 저리다, 아프다"와 같은 감정 표현이 반복되며, 다른 감각적 이미지로 치환되었더라면 서사의 미학이 한층 밀도가 높았을 가능성도 보인다.

『해를 품은 달』은 사랑을 남녀 간의 감정으로만 한정하지 않는다. 이 소설에서 사랑은 운명과 맞서며, 권력의 그림자 속에서도 자신을 잃지 않으려는 태도로 나타난다. 사랑은 권력보다 끈질기고, 운명보다 오래 지속되는 힘으로 그려진다. 그 향기는 이야기의 끝 이후에도 독자의 감각 속에 남는다.

동명의 드라마는 이 서사를 대중적 정서로 재구성했다. 기본 구조는 유지하되, 시각적 상징과 배우들의 감정 연기를 통해 긴장감을 강화한다. 다만 영상화 과정에서 인물의 내면과 상징은 다소 단순화된다. 드라마가 속도와 몰입을 통해 관객을 끌어당긴다면, 원작 소설은 언어의 질감과 은유의 잔향으로 독자의 내면을 자극한다.

소설은 상상력을, 드라마는 시각적 감각을 자극한다. 같은 이야기가 서로 다른 감각을 통해 변주되는 셈이다. 『해를 품은 달』의 문화적 수용은 문학과 영상 매체가 각기 다른 층위에서 동일한 질문을 던지고 있음을 보여준다. 사랑은 운명보다 강한가, 권력보다 깊은가. 그 질문은 시대와 형식을 넘어 여전히 유효하게 남아 있으며, 그 향기 또한 쉽게 사라지지 않는다.

존재와 자연을 배우는 독서

고요히 흐르는 자연은 침묵의 스승이다.
그 속에서 우리는 단순함의 진리를 배우고,
하루의 빛이 우리를 치유함을 깨닫는다.

1

『월든』
헨리 데이비드 소로

숲이 가르쳐준 단순함의 본질

"내가 숲속으로 들어간 것은 인생을 의도적으로 살아보기 위해서였으며, 인생의 본질적인 사실들만을 직면해 보려는 것이었으며, 그리하여 죽음을 맞이했을 때 헛된 삶을 살았다고 깨닫는 일이 없도록 하기 위해서였다."―헨리 데이비드 소로,『월든』

헨리 데이비드 소로의『월든』은 자연 속에서 살아본 한 사람의 기록에 가깝다. 이 책이 전하는 말은 비교적 분명하다. 삶을 복잡하게 만들지 말고, 꼭 필요한 것만으로 살아보라는 제안이다. 소로에게 자연은 감상의 대상이 아니라 생활의 터전이었다. 그는 자연이 주는 것을 받아들이며, 그 안에서 인간이 어떻게 살아야 하는지를 살펴본다. 책을 읽다 보면 바람 소리나 하늘빛 같은 평범한 감각들이 이전보다 또렷하게 다가온다. 일상에서 무뎌졌던 감각이 다시 살아나는 느낌에 가깝다.

소로의 문장은 자유롭고 단정하다. 비유와 직관이 자주 등장하지만, 과장되지는 않는다. 그는 자연을 찬미하는 데 머물지 않고, 문명이 인간의 삶을 어떻게 바꾸고 있는지를 함께 바라본다. 삶이 편리해질수록 마음은 오히려 바빠지고, 소유는 자유를 좁힌다는 인식이 곳곳에서 드러난다. 그래서 그는 "삶을 단순화하라, 다시 단순화하라"고 반복한다. 많이 가지는 삶보다 덜 의존하는 삶이 더 단단할 수 있다는 생각이 책의 중심에 놓여 있다.

소로는 사람이 자기 자신을 가장 분명히 마주할 수 있는 장소를 자연이라고 보았다. 사람들 사이에 있을 때보다 숲속에 홀로 있을 때 마음이 더 또렷해진다고 느꼈다. 군중 속의 외로움보다 혼자의 고요가 덜 공허하다고 본 셈이다. 그는 독서 또한 같은 맥락에서 이야기한다. 깨어 있는 시간과 집중이 깃들지 않은 독서는 의미가 없다고 말한다. 책을 읽는 행위는 지식을 쌓는 일이 아니라, 삶의 방향을 다시 잡는 작업에 가깝다고 여겼다.

그가 아침 공기를 '만병통치약'에 비유한 이유도 여기에 있다. 하루의 시작을 어떻게 맞이하느냐가 삶의 질을 바꾼다고 보았기 때문이다. "날씨가 훈훈한 밤에는 자주 보트를 띄우고 피리를 불었다"는 대목이나, 콩밭을 적시는 보슬비에 대한 묘사는 절제되어 있다. 화려하지 않지만 장면은 선명하다. 콩밭이라는 말 하나로 여름의 냄새와 촉감이 함께 떠오른다. 그는 새소리와 물소리, 풀의 움직임에 귀를 기울이며 자연과 말을 주고받듯 지냈다. 그 과정에서 자연은 배경이 아니라 삶을 비추는 렌즈가 된다.

월든 호수의 잔물결과 새의 울음, 바람의 흐름을 살피는 그의 태도에서는 차분함이 느껴진다. 그는 그 작은 변화들 속에서 시간의 흐름과 삶의 리듬을 읽어낸다. 자연을 대하는 그의 시선은 경건하지만 과장되지 않는다. 『월든』은 물질을 좇는 삶이 남기는 공허를 드러내며, 단순함이 사람을 더 자유롭게 할 수 있음을 보여준다. 자연 속으로 들어가는 일은 도피가 아니라 삶의 중심으로 돌아가는 선택이라는 것이다.

소로의 생각은 이후 여러 사상과 글로 이어진다. 헬렌 니어링의 소박한 삶, 예이츠의 자연 시편, 법정 스님의 무소유 사상에서도 비슷한 울림이 감지된다. 표현은 달라도 공통점은 분명하다. 삶을 덜 소유하고, 더 주의 깊게 살자는 제안이다. 소로의 자연에 대한 태도는 종교적 배경을 지니고 있지만, 결국에는 누구나 공감할 수 있는 삶의 감각으로 귀결된다. 문명에 대한 비판과 자연에 대한 관찰은, 인간이 스스로를 돌아볼 통로가 아직 남아 있음을 시사한다.

그는 동서양의 사상을 자유롭게 넘나들며 생각을 확장했다. 공자와 맹자, 성경과 고대 신화를 함께 불러오며 삶과 사회를 바라보는 기준을 세웠다. 『시민 불복종』에서는 개인의 양심과 사회의 규범이 충돌할 때 어떤 선택이 가능한지를 묻는다. 이 글은 이후 비폭력 저항 사상의 토대가 되었다. 『월든』 또한 자연 이야기로만 읽히지 않는 이유가 여기에 있다. 자연과 사회, 개인과 공동체 사이의 관계를 함께 고민하게 만든다.

『월든』이 지금까지 읽히는 까닭은 단순하다. 빠르고 복잡한 삶 속에서 여전히 숨을 고를 자리가 필요하기 때문이다. 숲속 오두막에서 살 수는 없더라도, 걸음을 늦추고 주변의 소리를 듣는 일은 가능하다. 아침 공기를 깊이 들이마시는 순간, 『월든』의 문장은 생활 속에서 다시 살아난다. 자연은 묻는 듯하다. 지금의 삶이 스스로 선택한 것인지, 아니면 떠밀려 온 결과인지. 소로는 자연 앞에서는 겸허했고, 자기 삶에는 엄격했다. 간소하지만 흐트러지지 않은 삶. 『월든』이 전하는 메시지는 지금도 그 자리에 머물러 있다.

2

『아름다운 마무리』
법정

비움에서 드러나는 삶의 깊이

삶은 붙잡아 둘 수 있는 무엇이라기보다 그때그때 스쳐 가는 '살아 있음'에 가깝다. 오래 머무는 것은 없고, 모든 것은 잠시 빛을 머금었다가 사라진다. 법정의 『아름다운 마무리』는 그 짧은 시간을 어떻게 살아낼 것인가를 묻는 책이다. 끝을 준비하는 이야기이면서도, 동시에 매 순간을 시작처럼 대하라는 권유로 읽힌다.

그는 계절마다 달라지는 바람과 햇살에서 오래 시선을 떼지 않는다. 들판의 개망초와 감자꽃 앞에 멈춰 서는 태도에는 서두름이 없다. 사소해 보이는 것에 말을 걸고, 차 한 잔 앞에서도 향과 온기, 빛의 변화를 느끼려 한다. 법정의 시선은 대상을 훑지 않는다. 겉모습을 지나 그 안의 기운까지 살피려는 눈길에 가깝다.

자연을 바라보는 그의 감각은 예민하다. 해마다 사라지는 새와 짐승의 이름을 불러보며, 흐트러진 생태의 질서를 걱정한다. 아침 숲의 냄새와 이슬의 촉감을 기억하며, 직접 가꾼 밭에서 상추와 아욱, 오이의 생기를 이야기한다. 들꽃 한 다발을 항아리에 꽂아두고 바라보는 시간 속에서, 그는 적게 가지는 삶이 오히려 풍성할 수 있음을 보여준다.

그의 생각은 여러 고전을 넘나든다. 헨리 데이비드 소로의 『월든』을 찾아 숲속 오두막을 방문한 일화에서, 그는 사유가 돌아가는 자리를 발견한다. 소로의 일기를 인용하며 독자에게 그 다음 문장을 이어 써보라고 권하는 대목에서, 자연은 감상의 대상이 아니라 함께 살아야 할 공간으로 드러난다.

법정에게 독서는 삶을 닦는 과정이다. 책을 읽는 일은 지식을 쌓는 데서 끝나지 않고, 태도와 행동으로 이어져야 한다고 본다. 생각이 아니라 실천에서 사람의 품격이 드러난다는 인식이 그의 문장 곳곳에 스며 있다. 읽는다는 것은 삶을 조금 더 조심스럽게 다루는 연습처럼 보인다.

그는 언어의 태도 또한 중요하게 여긴다. 가장 위대한 종교는 친절이며, 이웃을 향한 배려라고 말한다. 게으름을 해야 할 일을 미루는 습관으로 설명하며, 버나드 쇼의 묘비명을 인용해 순간의 무게를 일깨운다. 이 꾸짖음은 냉정하다기보다 삶을 아끼는 사람의 충고에 가깝다.

책에는 시간이 켜켜이 배어 있다. 낡은 물건과 오래된 풍경에서 발견되는 아름다움은 요란하지 않다. 법정이 말하는 '좋은 만남'은 오래 여운이 남는 관계이며, 서로의 거리를 지킬 줄 아는 인연이다. 단순한 삶은 부족함이 아니라 복잡함을 덜어내는 선택으로 제시된다.

그의 문장은 바람처럼 가볍고, 물처럼 잔잔하다. 읽다 보면 산중의 공기가 마음에 스며드는 듯하다. 도시의 소음을 잠시 내려놓고, 들꽃과 새소리, 개울의 흐름에 귀를 기울이게 된다. 자연과 함께 살아가는 감각 속에서, 잊고 지냈던 인간의 얼굴이 서서히 떠오른다.

음악이 감정을 깨우고 고전이 생각의 폭을 넓히듯, 법정의 수필은 독자를 자기 안쪽으로 이끈다. 이 책에서 말하는 '아름다운 마무리'는 어떤 결말이라기보다 매 순간을 허투루 넘기지 않으려는 삶의 태도에 가깝다. 끝을 준비하는 일이 곧 지금을 살아내는 방식이 될 수 있음을, 그는 고요히 보여준다.

3

『정원 일의 즐거움』
헤르만 헤세

정원, 마음을 비추는 작은 세계

어떤 일에 깊이 빠져든다는 것은 잠시 자기만의 세계로 들어가는 일이다. 그 일이 꽃과 나무를 돌보고, 흙을 만지며, 생명의 변화를 지켜보는 일이라면 몰입은 더 깊어진다. 헤르만 헤세의 『정원 일의 즐거움』은 정원을 가꾸는 일상을 인간에 대한 질문으로 확장해 나간다.

헤세에게 정원은 생활의 배경이 아니라 기억과 생각이 겹쳐지는 장소다. 그는 나무 한 그루의 변화를 오래 바라보며 하루를 보낸다. 할아버지와 아버지가 정원을 돌보던 장면을 떠올리며, 시간의 층위가 한 공간 안에서 맞물리는 순간을 기록한다. 나무와 꽃의 상태를 세심하게 적어 내려가는 그의 문장은, 자연이 인간에게 건네는 배움을 차분히 드러낸다. 글 사이사이에 놓인 시들은 정원의 풍경을 다시 언어로 피워 올린다.

자연은 그에게 대상이 아니라 머무는 자리다. 그는 어린 시절부터 자연을 바라보는 일이 관찰이 아니라 몰두였다고 말한다. 나무와 꽃, 바람과 빛은 그에게 살아 있는 형상으로 다가온다. "고향은 밖에 있지 않다. 고향은 네 안에 있다"는 말처럼, 자연을 향한 시선은 결국 자신의 안쪽으로 되돌아온다. 정원은 기억을 품고, 상처를 가만히 식히는 공간으로 기능한다.

그가 정원과 나무를 벗처럼 여긴 이유는 분명하다. 자연에는 꾸밈이 없기 때문이다. "그들은 나를 속이지 않는다"라는 문장에서, 자연을 향한 그의 신뢰가 드러난다. 쓰러진 나무 하나에도 깊은 슬픔을 느끼는 태도는, 그가 사물과 생명 사이의 연결을 얼마나 섬세하게 받아들였는지를 보여준다. 정원은 세상의 소란을 견디게 하는 조용한 피난처로 자리한다.

패전 이후 황폐해진 독일에서 헤세는 정원에 몸을 담그며 하루를 버텼다. 전쟁과 폭력의 기억 속에서 그는 흙과 식물이 지닌 질서를 붙잡는다. 시들어 가는 백일홍의 빛에서도 그는 잠시 스치는 아름다움을 읽어낸다. 연필과 붓으로 꽃의 생을 기록하는 행위는, 인간의 삶이 지닌 한계를 되짚는 시간이 된다. 정원을 돌보는 일은 땅을 가꾸는 노동을 넘어, 마음을 다스리는 과정으로 이어진다.

헤세의 정원은 늘 예술과 맞닿아 있다. 문학과 그림, 삶과 자연은 그의 세계에서 나뉘지 않는다. 그는 저녁마다 낙엽을 주워 책갈피에 끼워 두며, 흘러가는 시간을 붙들어 두려 한다. 좋은 책 곁에서 나무와 흙, 물과 함께 한 뙈기 땅에 책임을 지는 삶이 그가 말한 기쁨에 가깝다. 이러한 태도는 소로의 『월든』이나 법정의 산문과도 자연스럽게 이어진다. 단순하게 살며 자연과 관계 맺는 삶에 대한 공감대가 그 안에 있다.

그는 겸허함을 잃지 말자고 말한다. 시대가 빠르게 움직여도 마음의 중심은 지켜야 한다는 뜻이다. 알프스의 바람 속에서도 뿌리를 놓지 않는 나무처럼, 그는 혼란 속에서도 자신의 자리를 지키려 했다. 언어를 엮는 일과 꽃이 피어나는 일을 같은 호흡으로 바라보며, 문학과 자연을 한 흐름 안에 놓는다.

정원에서 그는 유년의 기억과 어머니, 고향의 냄새를 다시 만난다. 사람은 저마다의 기억을 양분 삼아 살아간다. 그래서 정원은 생활 공간을 넘어, 삶의 바탕을 일구는 고요한 시선이 된다. 『정원 일의 즐거움』은 원예에 관한 기록이 아니라, 잃어버린 평형을 되찾기 위한 한 작가의 일기처럼 읽히기도 한다.

빠르게 흘러가는 시간 속에서도, 정원이 건네는 질문은 단순하다. 이 소음 속에서도 마음의 고요를 지키고 있는가. 헤세는 흙과 꽃을 통해 그 물음을 오래 붙들고 있었다.

시간의 나이테 앞에 선 한 인간

헤세의 자연에 대한 애정은 『나무들』에서 한층 느린 리듬으로 드러난다. 그가 바라본 나무 한 그루와 풀 한 포기는 풍경의 일부에 머물지 않는다. 그것들은 살아 있는 존재로서 호흡하며, 인간의 시선을 안쪽으로 끌어당긴다. 헤세는 자연을 묘사의 대상으로 두지 않고, 나무라는 존재를 통해 삶의 바탕을 더듬어 간다. 발코니에서 내려다본 숲과 정원은 눈앞의 장면으로 펼쳐지고, 독자는 그와 나란히 걸으며 나무 곁에 서 있는 듯한 착각이 든다.

나무는 그에게 생각의 재료가 아니라 시간을 견뎌온 생명이다. 굽고 뒤틀린 몸, 옹이를 품은 줄기에는 세월이 남긴 흔적이 쌓여 있다. 그는 그 형상 속에서 인내와 지속을 읽는다. 나무는 인간의 마음을 비추는 창이자, 닮아가고 싶은 삶의 모습이다. 소리 없이 자라며 자기 자리를 지켜온 나무 앞에서, 헤세는 자신의 시간을 나직이 응시한다.

전쟁과 인간관계의 단절 속에서 고립을 겪던 시기, 그가 몸을 기댄 곳은 숲이었다. 세계에 대한 실망과 상처를 다독여준 것은 자연의 품이었다. 나무처럼 말없이 머물러 주는 존재는 드물다. 『나무들』을 따라 읽다 보면, 헤세가 숲속에서 자신을 추슬러 가던 시간이 차분히 드러난다. 문장을 따라 걷는 동안 독자 역시 숲 한가운데 서 있는 듯한 고요를 경험하게 된다.

헤세의 시선은 자연의 흐름과 생의 반복을 향해 있다. 그는 잎을 일찍 떨군 나무와 끝까지 잎을 붙들고 있는 너도밤나무를 나란히 바라본다. 오래 남아 있는 마른 잎은 새싹을 보호하기 위한 역할을 한다. 그는 그 장면에서 사라짐과 시작이 동시에 일어나는 순간을 읽어낸다. 바람에 떨어지는 낙엽은 끝이 아니라 다음 변화를 준비하는 징후로 보인다. 나무의 생장 과정은 죽음 이후에도 이어지는 움직임을 보여준다.

『나무들』에서 숲은 배경이 아니라 세계를 가리키는 표식이다. 나무를 잃는 일을 친구를 잃는 일에 비유한 그의 고백은, 자연이 그에게 가장 가까운 벗이었음을 보여준다. 숲에서 그림을 그리고 풀밭에 누워 책을 읽는 시간 속에서, 그는 예술이 자연과 만날 때 비로소 숨을 쉰다고 느낀다. 여러 작가와 시인의 이름이 등장하지만, 그 모든 언급은 숲이라는 한 공간 안에서 자연스럽게 이어진다.

헤세의 문장은 길게 이어지되 흐트러지지 않는다. 문장들은 자연의 호흡처럼 차분히 연결되며, 삶의 무게가 과장 없이 스며 있다. 『나무들』은 자연 예찬에 머무는 산문이 아니다. 그것은 인간을 바라보는 태도이며, 시간과 고독, 회복의 과정을 기록한 글이다. 헤세에게 나무는 신비를 말하는 존재가 아니라, 침묵 그 자체로 가르침을 전하는 대상이다.

자연은 말을 하지 않지만, 귀를 기울이는 이에게 많은 것을 건넨다. 뿌리를 내리고 바람을 견디며 다시 싹을 틔우는 나무의 반복 속에서, 인간은 삶의 기본을 배운다. 『나무들』은 자연을 통해 인간으로 돌아오는 이야기다. 나무를 읽으며 삶을 되짚는 헤세의 문장은 오늘의 독자에게도 긴 여운을 남긴다.

삶은 자라고, 떨어지고, 다시 이어지는 나이테의 시간과 닮아 있다. 헤세는 그 반복 속에서 살아 있음의 감각을 붙든다. 책을 덮고 나무 앞에 서면, 이전과는 다른 시선이 생긴다. 자연은 늘 그 자리에 있었고, 우리가 잠시 그 언어에서 멀어져 있었을 뿐이라는 생각이 따라온다.

5

『내 영혼이 따뜻했던 날들』
포리스터 카터

자연과 더불어 사는 법

자연이 숨쉬는 소리와 함께 삶이 깨어나는 순간을 여섯 살 소년의 눈으로 그려낸 이 작품은, 인간과 자연의 경계가 허물어지는 숲속의 서정시다. 새벽의 안개와 한낮의 햇살, 저녁의 바람 속에서 변화무쌍한 숲의 풍경이 펼쳐진다. 문명의 손길이 닿지 않은 세계 속에서, 아이의 순수한 시선은 살아가는 법을 다시 바라보게 한다. 체로키족의 소박한 일상과 원초적 지혜, 그리고 자연과 더불어 살아가는 영혼의 평화를 포리스터 카터는 따뜻한 언어로 담아냈다.

작품 속 주인공 '작은 나무'와 할아버지, 할머니는 새와 나무, 바람과 시냇물, 달과 별의 언어를 이해한다. 그들의 대화는 단순한 의사소통이 아니라, 자연과 인간이 서로를 동등한 존재로 인정하는 경외의 언어다.

　　"누구나 자기가 필요한 만큼만 가져야 한다. 사슴을 잡을 때도 제일 좋은 놈을 잡으려 하면 안 돼. 작고 느린 놈을 골라야 남은 사슴들이 더 강해지고, 그래야 우리도 두고두고 사슴고기를 먹을 수 있지."

　　이 짧은 가르침 안에는 자연을 약탈의 대상이 아니라 '공존의 존재'로 여기는 체로키족의 깊은 생명관이 깃들어 있다. 그들의 삶은 "필요한 만큼만"이라는 절제의 미학으로 이루어져 있으며, 이는 인간과 자연의 관계를 다시 생각하게 한다. 꿀벌이 욕심을 부려 꿀을 지나치게 저장할 때 곰과 너구리에게 빼앗기듯, 자연의 법칙을 거스르면 결국 스스로의 삶 또한 위태로워진다.

　　할아버지는 말한다. "자신이 여전히 가치 있는 존재라고 느끼는 것이 중요하다." 백인 사회로부터 차별받으면서도 자신들의 삶의 방식을 지켜낸 체로키족의 강인함은 인간의 존엄을 증언한다. 그들의 이야기 속에는 미국 역사에서 가장 슬픈 장면 중 하나인 '눈물의 여로(Trail of Tears)'의 기억이 스며 있다. 강제 이주 과정에서 추위와 기아, 질병으로 8천여 명이 목숨을 잃은 이 사건은 문명의 이름으로 자행된 폭력의 민낯을 드러낸다. 성가 「어메이징 그레이스(Amazing Grace)」나 노래 「인디언 보호구역(Indian Reservation)」은 그 슬픔과 저항의 울림을 이어 주는 노래다.

『내 영혼이 따뜻했던 날들』은 문명과 야만, 소유와 존재의 문제를 정면으로 묻는다. 부와 권력이 인간의 본령을 대변할 수 있는가. 황금과 석유에 눈이 먼 문명은 한 부족의 삶을 어떻게 짓밟았는가. 카터는 이러한 질문을 설교가 아닌 이야기의 온기로 건넨다. 그는 인간의 잔혹함을 고발하기보다, 자연과 더불어 살아가는 삶이 얼마나 고요하고 깊은 행복을 주는지를 보여준다.

작가 포리스터 카터는 체로키 혈통을 자랑스럽게 여겼다. 이 작품은 그의 자전적 체험을 바탕으로 쓰인 회상록이자, 잃어버린 순수의 복원이다. 생전에는 크게 조명받지 못했지만, 사후에 '작은 고전'으로 자리 잡으며 오늘날까지 꾸준히 사랑받고 있다. "이 책을 읽고 나면 이제 그 이전과 같은 방식으로 세계를 볼 수 없다"는 서문의 말처럼, 이 작품을 읽은 후 우리는 세상을 다른 눈으로 바라보게 된다.

짧았던 그의 생애가 더욱 안타깝게 느껴지는 이유는, 그의 문장이 여전히 유효한 질문을 던지기 때문이다. 자연과 더불어 숨 쉬는 삶, 인간과 자연이 서로를 존중하며 공존하는 삶의 가치 — 그것은 여전히 우리가 잃어버린, 그러나 반드시 회복해야 할 지혜다.

『내 영혼이 따뜻했던 날들』은 그 오래된 지혜를 가장 따뜻한 언어로 우리에게 속삭인다. "할아버지, 정말 산이 깨어나고 있어요." 그 한마디의 외침 속에는, 인간이 자연을 향해 다시 마음을 여는 순간의 떨림이 담겨 있다. 그 작은 떨림이 삶의 시작처럼 느껴진다.

6

『**어린 왕자**』
생텍쥐페리

보이지 않는 것을 마음으로 받아들이는 법

『어린 왕자』는 다시 펼칠 때마다 다른 지점을 건드리는 책이다. 개인의 경험이 짙게 스며 있는 이 작품은 세계적으로 가장 널리 읽힌 이야기 가운데 하나로 남아 있다. 동화의 형식을 빌렸지만, 그 안에는 인간을 바라보는 작가의 물음이 오래 머문다. 생텍쥐페리는 "이 책을 친구 레옹 베르트에게 바치며, 그가 어린 시절을 붙들어준 인물이었음"을 덧붙였다. 이해받고 싶은 마음과 위로가 필요했던 시간의 흔적이 그 헌사에 겹쳐 보인다.

이 책을 처음 읽었을 때의 기억은 대체로 희미하다. 이야기의 줄거리는 남았지만, 의미까지 따라오지는 않았다. 시간이 흐른 뒤 다시 읽을수록 문장 사이에 숨어 있던 질문들이 하나씩 드러난다. 이 책이 반복해서 읽히는 이유는, 독자의 나이와 삶의 위치에 따라 다른 얼굴을 하기 때문이다.

이야기는 상상력을 잃어버린 어른들의 시선에서 출발한다. 보아뱀이 코끼리를 삼킨 그림을 본 어른들은 그것을 모자로 받아들인다. 그 순간 화자는 설명도, 꿈을 그리는 일도 멈춰버린다. 사막에 불시착한 비행사 앞에 나타난 어린 왕자는 "양을 그려 달라"고 말한다. 여러 번의 실패 끝에 상자 하나를 건네자, 그는 그 안을 들여다본다. 보이지 않는 것을 받아들이는 태도가 이 장면에서 드러난다. 이해는 설명이 아니라 신뢰에서 시작된다는 점이 전해진다.

어린 왕자가 떠나온 소행성 B612는 숫자와 증명으로만 말하는 어른들의 세계를 비추는 장치로 쓰인다. 어른들은 사람을 만날 때 이름보다 나이를 묻고, 이야기를 들을 때도 수치를 먼저 따진다. 이성 중심의 세계에서 어린 왕자는 감각과 마음을 잃지 않은 존재로 그려진다. 작가는 이를 통해 합리성에 기대어 감정을 밀어내는 태도를 보여준다.

바오밥나무 이야기는 사소해 보이는 방치가 얼마나 큰 결과를 낳는지를 떠올리게 한다. 싹일 때 뽑지 않으면, 결국 별 전체를 위협하게 된다는 설정은 일상의 태도와 닮아 있다. 무심함이 반복될 때 어떤 일이 벌어지는지, 이야기는 직접 말하지 않고 장면으로 남겨 둔다.

작품의 중심에는 관계에 대한 물음이 놓여 있다. 어린 왕자는 꽃과의 오해를 지나며 사랑을 배운다. 떠난 뒤에야 자신의 마음을 돌아보는 고백은, 사랑이 감정만으로 유지되지 않는다는 점을 떠올리게 한다. 이해와 책임이 뒤따르지 않을 때, 사랑은 쉽게 어긋난다는 사실이 성장의 과정으로 드러난다.

여섯 개의 별에서 만나는 어른들은 각기 다른 모습이지만, 공통된 결핍을 안고 있다. 권위, 허영, 소유, 명령, 기록에만 매달리는 태도는 생각을 멈춘 상태와 유사하다. 이 인물들은 우스꽝스럽게 그려지지만 현실과 멀지 않다. 작가는 그 모습을 통해 어른들의 무감각을 견주어 말한다.

지구에 도착한 어린 왕자는 장미 정원 앞에서 좌절한다. 하나뿐이라 믿었던 꽃이 수없이 많았기 때문이다. 여우를 만나면서 그는 관계의 의미를 다시 배운다. 길들여진다는 것은 시간을 들이고, 책임을 나누는 일이라는 설명이 이어진다. "중요한 것은 눈에 보이지 않는다"는 말은 교훈이라기보다 경험에서 나온 문장처럼 놓인다.

이별의 장면에서 여우는 같은 시간에 오라고 말한다. 기다림과 반복이 관계를 깊게 만든다는 뜻이 그 안에 담겨 있다. 어린 왕자가 남긴 마지막 말은, 떠나도 사라지지 않는 관계의 모습을 떠올리게 한다. 기억 속에서 이어지는 연결이 무엇인지, 별을 매개로 전한다.

『어린 왕자』는 순수함을 찬양하는 이야기에 머물지 않는다. 책임을 동반한 관계, 마음을 쓰는 태도, 그리고 보이지 않는 것을 받아들이는 감각이 겹쳐진다. 생텍쥐페리가 말한 '새로운 눈'은, 더 많은 것을 보려는 눈이 아니라 다른 방식으로 바라보는 시선에 닿아 있다. 이 책은 그 시선을 독자 앞에 가만히 놓아 둔다.

7

『**엄마를 부탁해**』
신경숙

사라진 뒤에야 드러나는 어머니의 자리

신경숙의 『엄마를 부탁해』는 한 사람의 실종을 계기로, 그동안 보이지 않던 어머니의 삶을 이야기의 중심으로 끌어온다. 늘 곁에 있었기에 이름조차 또렷이 불리지 않던 인물, 가족의 일상에 섞여 배경처럼 존재하던 어머니는 사라진 이후에야 비로소 하나의 인물로 떠오른다. 이 소설은 자연스럽게 질문을 남긴다. 우리는 어머니를 얼마나 알고 있었는지, 혹은 알려고 한 적이 있었는지를 되돌아보게 한다.

작품에서 반복되는 2인칭 '너'는 특정 인물을 가리키는 호칭에 머물지 않는다. 이야기를 읽는 독자에게 직접 말을 거는 방식으로 작동한다. 어머니를 찾는 여정은 한 가족의 사건이 아니라, 각자의 삶 속에서 외면해 왔던 장면을 다시 바라보게 하는 과정처럼 이어진다. 신경숙은 과장된 표현 대신 절제된 문장을 선택한다. 담담한 문장은 오히려 말하지 않은 시간의 무게를 또렷하게 남기며, 독자의 시선에 오래 머문다.

소설 속 어머니는 아내이자 엄마로, 며느리이자 가족의 구성원으로 살아온 인물이다. 그 과정에서 '나 자신'이라는 이름은 뒤로 밀려난다. "벙어리 삼 년, 봉사 삼 년, 귀머거리 삼 년"이라는 말은 그 시대 여성들이 처한 현실을 간결하게 보여준다. 그러나 작품은 이 침묵을 무력함으로 다루지 않는다. 말하지 않음은 감당의 방식이었고, 드러내지 않음은 가족을 지탱하는 태도였다. 가족의 고통은 자신의 몫으로 받아들이면서도 개인의 상처는 끝내 밖으로 꺼내지 않던 얼굴이 소설 속에서 조심스럽게 비춰진다.

딸이 피에타상 앞에서 "엄마를 부탁해…"라고 기도하는 장면은 이야기의 흐름을 한 번 멈추게 한다. 그것은 실종자를 찾는 요청을 넘어, 더 이상 붙잡을 수 없는 존재를 향한 호소에 가깝다. 절박한 순간에 인간이 의지하게 되는 대상이 무엇인지, 그리고 어머니가 삶 속에서 어떤 자리에 있었는지가 이 장면에서 겹쳐 보인다. 어머니는 한 가정의 보호자라기보다 삶을 떠받치던 중심으로 다시 떠오른다.

이 소설을 읽으며 많은 독자들이 자신의 기억을 더듬게 된다. 말없이 차려졌던 밥상, 길게 설명되지 않던 꾸지람, 감정을 앞세우지 않고 건네지던 말들. 당시에는 특별하지 않게 지나갔던 장면들이 시간이 흐른 뒤에야 하나의 태도로 인식된다. 어머니의 침묵은 무관심이 아니라 책임에 가까웠고, 짧은 말들은 세상을 살아가기 위한 기준처럼 남아 있었음을 뒤늦게 알게 된다. 작품은 이런 개인의 기억을 불러내지만, 감상에 머무르지 않는다. 각자의 삶 속에 묻혀 있던 어머니의 시간을 조용히 드러내며, 이해가 늘 늦게 도착한다는 사실을 남긴다.

『엄마를 부탁해』에서 어머니는 사라진 뒤에야 또렷해진다. 그리움은 부재 이후에 형성되는 감정처럼 보이고, 사랑은 잃고 나서야 인식되는 방식으로 다가온다. 이 소설은 그 늦은 깨달음의 과정을 담담하게 따라간다.

8

『바다의 기별』
김훈

언어의 바다에서 건져 올린 리듬

"글을 쓸 때는 마음속에서 국악의 장단이 일어난다"고 말하는 저자는, 글을 몸속의 리듬을 언어로 옮겨 적는 악보에 비유한다. 책의 앞부분은 짧은 단상들로 이루어져 있고, 뒷부분은 이미 발표한 책들의 서문과 수상 소감으로 구성되어 있다. 서로 다른 형식이지만, 글을 대하는 태도는 한 방향으로 이어진다.

그의 글에는 여러 층위의 언어가 번갈아 등장한다. 익숙한 어휘와 낯선 표현이 맞물리며 읽는 속도를 붙잡는다. 스스로 자신의 글이 엉성하다고 말하기도 하지만, 그 말이 그대로 받아들여지지는 않는다. 문장은 가볍게 튀어 오르다가도 곧 다음 문장과 높이를 맞추며 이어진다. 휘몰이와 자진모리 사이에서 잠시 멈칫하는 듯한 리듬이 글의 호흡을 만든다.

언어는 용수철처럼 튕겨 오르지만 제멋대로 흩어지지 않는다.

앞선 문장의 여운을 남긴 채 다음 문장으로 옮겨 간다. 그 과정에서 숨겨진 뜻이 과장 없이 전달된다. 언어를 다루는 방식은 공들여 다듬은 작업 같기도 하다. 무늬 진 표현 사이사이에 놓인 작은 기호들이 글의 맛을 만든다. 오래된 단청이 빛을 잃었다가 다시 색을 드러내는 장면을 떠올리게도 하고, 그 변화가 반복되며 읽는 이를 끌어당긴다.

동인문학상 수상작 『칼의 노래』의 출발점이 20대 초반에 읽은 『난중일기』였다는 대목은 인상적이다. 영문과에서 예이츠와 릴케의 시를 외우던 시절, 그렇게 적확한 문장은 처음이었다고 한다. 군인의 성격이 배어 있는 간결한 문장에서 받은 충격이 오랜 시간 그의 안에서 쌓여 무르익었다. 이후의 삶과 경험이 더해지며 소설로 이어졌다는 설명에서, 한 문장과 한 권의 책이 사람에게 끼치는 영향이 느껴졌다. 쉽게 흉내 낼 수 없는 과정이었을 듯하다.

그는 사물을 뒤집어 보듯 언어의 밑바닥을 살핀다. 그러면서도 동음이의어 하나, 조사 하나에 오래 머문다. 말의 목적이 소통에 있다는 점을 거듭 짚는다. 의견과 사실이 구분되지 않은 말이 오히려 관계를 멀어지게 한다는 지적은 이 책 전반의 기조와 맞닿아 있다. 감정에서 현실로, 현실에서 상상으로 이어지는 언어의 이동이 무리 없이 이어진다. 김훈의 에세이는 개인의

생각을 드러내되, 타인의 공감을 향해 열려 있어야 한다는 관점
으로도 이해된다.

다만 마지막 부분은 아쉬움이 남는다. 이미 출간된 책들을 소
개하는 대목이 비교적 길게 이어지며 앞선 글의 밀도를 낮춘다.
끝까지 같은 방식을 유지했다면 인상이 달라졌을 법하다. 편집
단계에서 한 번 더 걸러졌다면 좋았겠다는 아쉬움이 남는다.

그럼에도 불구하고, 이 책에서 건져 올린 언어의 사유는 쉽게
잊히지 않는다. 다시 그 언어 사이를 천천히 헤엄치고 싶어진
다. 날이 선 표현에 스칠지라도, 그 과정의 감각을 피하고 싶지
는 않다.

9

『못 가 본 길이 더 아름답다』
박완서

흙과 기억, 생의 마지막 문장들

박완서의 『못 가 본 길이 더 아름답다』는 단순한 회고록으로만 머물지 않는다. 삶과 자연, 전쟁과 문화, 예술과 일상을 오가며 한 작가가 생의 끝자락에서 남긴 기록으로 읽힌다. 마지막까지 언어를 통해 세상을 어루만지듯 바라보며, 인간과 자연, 기억과 문명의 경계를 차분히 더듬어 간다.

1부 「내 생애의 밑줄」에서는 앞마당 잔디밭을 가꾸는 일상이 중심에 놓인다. 잡풀을 뽑고 흙을 만지는 반복 속에서 작가는 자연과 나란히 선다. "아기 궁둥이 같은 오월의 나무들"이라는 표현은 문장에 연한 생기를 불어넣는다. "해 뜨기 전에 흙과 풀이 가장 부드럽고 냄새도 좋다"는 글에서는, 인간이 흙에 가까워질 때 회복되는 평온한 감각이 배어 있다. 흙은 삶의 시작이자, 끝내 돌아가게 되는 자리로 그려진다.

6·25전쟁을 직접 겪은 작가는 "전쟁만은 피해야 한다"는 태도를 분명히 밝힌다. "좌도 우도 싫다"는 말은 정치적 구호라기보다, 삶의 현장에서 길어 올린 판단에 가깝다. 불타버린 남대문과 사라진 문화재를 떠올리며, 그는 문화가 절망 속에서도 인간을 다시 일으켜 세운다고 적는다. 외규장각 의궤가 오랜 세월 만에 돌아왔으나 '임대'라는 조건이 붙은 현실 앞에서 분노를 드러내면서도, 문화와 정체성의 가치를 끝내 놓지 않으려는 태도가 읽힌다.

책 전반에는 일상의 장면들이 잔잔한 흐름으로 이어진다. 살구꽃이 핀 마당, 집밥의 온기, 영화 한 편을 보고 남는 여운, 소소한 인간관계의 풍경들이 문장 속에 차분히 놓인다. 김훈의 글을 두고 "인정머리가 없다"고 말하면서도, 그 냉정함 속에서 미적인 긴장을 읽어내는 시선에는 여전히 따뜻한 여지가 남아 있다.

"처음 읽었을 때의 행복감으로 가슴을 설레게 하는 책은 버리지 않는다"는 말에서, 작가에게 독서가 어떤 의미였는지가 드러난다. 독서는 취미가 아니라 시간을 견디게 하는 힘이자 삶을 버티게 하는 호흡처럼 다가온다. "신이 나를 솎아낼 때까지는 이승에서 사랑받고 싶고, 필요한 사람이고, 좋은 글도 쓰고 싶다"는 고백에는 작가로서의 불안과 생을 놓지 않으려는 의지가 함께 묻어난다.

2부에는 조선일보 연재물 「친절한 책 읽기」가 실려 있다. 박경리의 유고 시집을 읽고 "십 년만 젊다면 정직한 삶을 살아보고 싶다"고 적은 대목은, 늙음에 대한 탄식보다는 진실에 가까이 다가가고자 하는 마음으로 읽힌다.

3부에서는 김수환 추기경, 김동리, 화가 박수근 등 생전에 인연을 맺었던 이들을 떠올린다. 특히 박수근의 「나무와 여인」이 『나목』의 모티브가 되었다는 고백은, 그의 문학이 예술과 현실이 맞닿는 자리에서 자라났음을 보여준다.

『못 가 본 길이 더 아름답다』는 단순한 유작이라기보다, 삶의 끝에서도 질문을 멈추지 않았던 한 인간의 기록에 가깝다. '못 가 본 길'이 아름답다는 말은 남은 시간에 대한 미련이라기보다, 끝내 다다를 수 없기에 더욱 오래 마음에 남는 진실을 향한 시선처럼 다가온다.

박완서의 마지막 문장들은 결국 삶을 향한 인사이자 언어가 돌아가는 자리로 보인다. 책을 덮고 나면, 독자 역시 자연스럽게 자신에게 묻게 된다. 나는 지금, 내 못 가 본 길을 향해 걷고 있는지.

10

『좋은 사람 콤플렉스』
듀크 로빈슨

'착함'의 굴레를 내려놓고
관계의 균형을 배우는 책

누구나 좋은 사람으로 보이고 싶어 한다. 저자는 바로 그 마음에서 문제가 시작된다고 말한다. 타인의 기대에 맞추려는 태도는 점점 자신의 감각을 흐리게 만든다. 남의 평가에 흔들리지 않기 위해 필요한 것은 강해지는 일이 아니라, 스스로의 한계를 인정하는 연습에 가깝다. 『좋은 사람 콤플렉스』는 '착해야 한다'는 압박에서 벗어나 보다 편안하고 솔직한 관계로 나아가도록 이끈다.

책이 먼저 짚는 것은 완벽하려는 태도다. 잘해야 한다는 마음은 늘 긴장을 낳는다. 인간은 애초에 부족한 존재이며, 그 사실을 인정할 때 관계는 오히려 숨을 쉰다. 약점을 감추지 않고 드러내는 태도, 무리한 약속을 피하는 선택, 타인의 말을 끝까지 듣는 자세가 관계를 오래 버티게 한다고 저자는 말한다.

또한 지나친 성실함이다. 바쁘게 움직이는 삶이 곧 충실한 삶은 아니다. 쉼 없이 일하는 태도 뒤에는 인정받고 싶은 마음이 숨어 있는 경우가 많다. 시간을 어떻게 쓰는지가 아니라, 무엇을 위해 쓰고 있는지를 돌아볼 때 삶의 방향이 조금씩 보인다. 일의 양보다 삶의 균형이 중요하다는 점을 책은 반복해서 상기시킨다.

침묵에 대한 조언도 인상적이다. 참고 넘기는 것이 언제나 미덕은 아니다. 상대의 말을 존중하는 태도와, 자신의 생각을 분명히 말하는 용기는 함께 가야 한다. 가까운 관계일수록 솔직한 말이 필요하며, 그것은 관계를 깨뜨리기보다 오히려 지탱하는 힘으로 작용하는 경우가 많다.

분노를 다루는 방식 역시 현실적이다. 화를 느끼지 않는 것이 성숙은 아니다. 부당함 앞에서 감정을 느끼는 일은 자연스럽다. 중요한 것은 그 감정을 어떻게 다루느냐다. 감정을 터뜨린 뒤 스스로를 가라앉히고, 상황을 다시 바라보는 시간이 관계를 망치지 않게 한다. 감정을 숨기기보다 책임 있게 다루는 태도가 강조된다.

선의의 거짓말에 대해서도 이 책은 조심스러운 입장을 취한다. 상대를 배려한다는 이유로 내뱉은 말이 결국 신뢰를 해칠 수 있음을 지적한다. 진실은 때로 불편하지만, 관계를 유지하는 바탕은 솔직함에 있다는 점이 반복된다.

저자는 또 다른 함정으로 '도와야 한다는 강박'을 짚는다. 누군가 힘들어 보인다고 해서 그 삶을 대신 책임질 필요는 없다. 조언은 선택일 뿐이며, 변화의 주체는 언제나 그 사람 자신이다. 지나친 개입은 오히려 상대를 더 약한 위치에 머물게 할 수 있다. 곁에서 지켜보고, 필요할 때 손을 내미는 정도면 충분하다는 태도가 제안된다.

중독이나 깊은 상처를 마주한 상황에서도 마찬가지다. 무조건적인 도움은 선의처럼 보이지만, 회복의 기회를 빼앗을 수도 있다. 이럴 때는 전문가의 도움을 권하는 것이 더 책임 있는 선택이 된다. 슬픔 앞에서 억지 위로나 조언 대신, 조용히 함께 있는 태도가 더 큰 위로가 될 수 있다는 점도 강조된다.

저자는 마지막에 질문을 던진다. 정말 좋은 사람인지, 아니면 그렇게 보이기 위해 애쓰는 사람인지를 돌아보게 한다. 모든 요구를 받아들이는 대신, 감당할 수 있는 몫을 분명히 하는 태도. 부족함을 숨기지 않고 인정하는 용기. 그것이 성숙으로 향하는 출발점으로 제시된다.

자유란 하고 싶은 대로 사는 상태라기보다, 관계 안에서 자신을 잃지 않는 감각이다. 하루의 시간을 어떻게 쓰는지, 타인과 자신을 어떤 거리에서 바라보는지가 삶의 온도를 결정한다.

늘 '좋은 사람'이 되려 애쓰는 마음을 내려놓을 때, 오히려 관계는 편안해진다. 이 책이 말하는 성숙은 착해지는 일이 아니라, 자기 자신과 타인을 동시에 존중하는 균형에 가깝게 다가온다.

11

『책만은 책보다 冊으로 쓰고 싶다』
이태준 산문집

고요 속에서 길어 올린 문장과 삶

상허 이태준의 산문은 한 개인의 글을 넘어, 작가가 살았던 시대의 공기를 함께 담고 있다. 『무서록』을 비롯해 신문과 잡지에 실렸던 글들을 엮은 이 산문집에는 1930년대 조선의 일상과 문학의 분위기가 자연스럽게 스며 있다. 작가의 글을 따라가다 보면, 문장이 단순한 표현을 넘어 삶의 태도로 이어지고 있음을 느끼게 된다.

이태준은 소설가이자 산문가로서 당대 문단에서 중요한 자리를 차지했다. 그는 새로움에만 기울지 않았고, 그렇다고 과거에 머물지도 않았다. 이상과 박태원의 실험적 문학을 지지했던 태도에서 보이듯, 문학의 방향을 단선적으로 보지 않았다. 문학이 어디로 가야 하는지를 끝까지 고민한 작가였다는 인상이 남는다.

작가의 문체에는 고요한 결이 흐른다. 옛 문장투를 바탕으로 하되, 지나치게 꾸미지 않는다. 책을 "세수를 할 줄 모르는 미인"에 비유하는 대목에서는, 독서가 성과 효율이 아닌 사색의 시간임을 드러낸다. 작가의 글은 바쁜 일상에서 밀려난 여유를 다시 불러온다. 잠시 멈춰 서서 생각하는 시간이 삶에 필요하다는 사실을 일깨운다.

어린 시절 어머니를 잃은 경험은 문장에 깊은 흔적으로 남아 있다. 밝은 봄 풍경을 그리면서도 그 뒤편에 슬픔의 그림자가 겹쳐진다. 진달래와 개나리가 피는 장면에도 기쁨만이 아니라 상실의 감정이 함께 놓인다. 이 대비가 글을 더 단단하게 만든다.

"사람은 왜 고요할 때 슬픈가"라는 물음은 작가의 산문 전반을 관통한다. 고요는 평안함이면서 동시에 마음속을 비추는 시간이다. 그 고요 속에서 인간의 속내를 바라본다. 성북동 〈수연산방〉을 다룬 글에서는 집이라는 공간이 그 안에 사는 사람을 닮아간다고 말한다. 건물 역시 하나의 문장처럼 읽힌다는 시선이 인상적으로 남는다.

「백일몽」에서는 여름의 생동감을 노래하면서도, 동시에 잃어버린 것들을 떠올린다. 계절의 충만함과 마음의 허전함이 한 문장 안에서 나란히 놓인다. 이 지점에서 이태준의 글은 찬미와 체념 사이를 오간다. 그것은 꾸며낸 감정이 아니라, 살아오며 자연스럽게 쌓인 마음의 결처럼 보인다.

완당의 글씨를 따라 쓰며 느낀 감동, 정지용과 난초를 감상하던 이야기에서는 선비적 취향이 드러난다. 「파초」에 등장하는 화분 하나는 소유보다 바라봄을 택한 삶의 태도를 상징한다. 작은 사물 하나에도 마음을 기울이는 시선이 작가의 문장을 지탱한다. "잃어버리면 울지 않고는 견딜 수 없는 작품을 써야 한다"는 말에는 그의 문학관이 응축돼 있다. 글은 기술이 아니라 삶의 일부여야 하며, 감정이 빠져나간 문장은 오래 남지 않는다는 믿음이 읽힌다.

일본 유학 시절 서양 고전을 읽으며 문학의 본질을 고민했다. 「정읍사」를 논하며, 먼저 느끼지 못한 채 해석부터 앞세우는 태도를 경계한다. 문학은 이해보다 감각에서 출발해야 한다는 작가의 생각이 분명하게 드러난다. 일제의 검열로 『문장』이 폐간된 뒤에도 글을 놓지 않았다. 강원도에서 낚시와 오래된 물건을 벗 삼아 지내며 문학의 불씨를 이어갔다.

작가가 편집한 『문장』은 전통 문학을 정리하고 남기려는 시도였다. 사라질 위기에 놓인 글들을 모으고 주석을 달아 다음 세대로 건네려 했다. 이는 정치적 구호라기보다, 문학을 통해 정체성을 지키려는 선택에 가까웠다.

이태준의 월북은 지금도 쉽게 판단하기 어려운 문제로 남아 있다. 작가의 삶을 따라가다 보면, 현실 정치보다 문학과 이상에 더 끌렸던 인물이라는 인상이 짙다. 시대의 갈림길에서 그 선택이 어떤 결과를 낳았는지는 분명하지만, 작가의 문장까지 함께 지워지지는 않는다.

작가가 남긴 글은 여전히 읽힌다. 이념을 넘어서는 지점에서 문장은 살아남는다. 이태준의 산문은 고요하지만 쉽게 사라지지 않는다. 오래된 향처럼 읽은 뒤에도 한동안 마음에 머문다.

봄이 오면 성북동 수연산방을 떠올리게 된다. 작가가 걸었을 길을 상상하며 문장 사이에 남아 있는 시간을 더듬게 된다. 그 고요 속에서 지금의 삶을 다시 바라보게 된다.

12

『희랍어 시간』
한 강

언어가 멈춘 자리에서 다시 시작되는 숨

한 여자가 말을 잃는다. 말이 사라진 자리에는 설명되지 않는 침묵이 남는다. 번역가였던 경하에게 언어는 생계를 넘는 것이었다. 말은 생각을 지탱하는 도구였고, 세계와 연결되는 통로였다. 그 통로가 끊어지자, 그는 사람들과의 관계에서도 한 걸음 물러나게 된다.

말을 잃는다는 것은 단순히 말을 하지 못하는 상태가 아니다. 생각을 정리하는 방식이 무너지고, 감정을 건네는 길이 막히는 일에 가깝다. 경하의 침묵은 그래서 공백이 아니라 긴 정지처럼 느껴진다. 그는 그 시간 속에서 우연히 희랍어를 만난다. 일상과는 거리가 먼 언어이며, 즉각적인 소통을 요구하지 않는 언어다.

한 강의 『희랍어 시간』은 언어를 다시 배우는 이야기이면서 말 이전의 상태로 돌아가는 과정처럼 읽힌다. 이 소설에서 언어는 전달을 위한 수단으로만 다뤄지지 않는다. 말은 존재를 지탱하는 방식으로 천천히 다가온다. 경하가 언어를 회복해 가는 과정은, 세상과 다시 연결되는 속도와 가깝다.

희랍어를 가르치는 남자 교수는 경하에게 많은 말을 건네지 않는다. 그는 설명보다 기다림에 가까운 태도를 유지한다. 수업은 지식을 쌓기보다 호흡을 맞추는 시간처럼 이어진다. 정확한 발음보다 말이 입 밖으로 나오는 순간의 망설임이 더 중요하게 다뤄진다. 두 사람의 관계에는 빠른 이해가 없다. 상처를 분석하거나 치유하려 들지 않는다. 대신 서로의 침묵을 견디는 시간이 쌓인다. 말하지 않아도 되는 상태가 오히려 신뢰에 가까운 감각으로 남는다.

읽는 동안 오래 남는 문장은 "당신의 언어가 내 안에서 태어나고 있었다"라는 구절이다. 이 문장은 사랑을 설명하기보다 사랑이 일어나는 순간을 가리킨다. 누군가의 말이 내 안에서 다시 자리를 얻는 일. 그로 인해 나의 세계가 이전과는 다른 결로 움직이기 시작하는 일이다.

『희랍어 시간』은 사건이 뚜렷한 소설은 아니다. 눈에 띄는 변화보다 미세한 기류가 문장 사이를 흐른다. 페이지를 넘기며 따라가게 되는 것은 줄거리가 아니라 리듬이다. 한 강의 문장은 낮은 음으로 이어지며, 쉽게 고조되지 않는다. 소리와 침묵, 말과 숨이 서로를 밀어내지 않고 나란히 놓인다. 상실과 회복도 대비되지 않는다. 두 상태는 같은 선 위에서 천천히 이어진다. 이 소설이 다루는 회복은 단번에 도착하지 않는다. 잠시 말을 할 수 있게 되는 순간보다, 말을 기다릴 수 있게 되는 시간이 먼저 온다.

『채식주의자』가 인간 내부로 깊이 가라앉는 이야기였다면, 『흰』이 사라진 것들을 더듬는 기록에 가까웠다면, 『희랍어 시간』은 다시 말의 가장자리로 돌아오는 과정처럼 읽힌다. 완전한 회복이 아니라, 다시 시작할 수 있는 상태에 머문다.

침묵이 끝난 자리에는 설명이 남지 않는다. 대신 말이 지나간 공기의 온도가 남는다. 숨을 고르던 시간의 흔적이 남는다. 그것이 이 소설이 말하는 '희랍어의 시간'에 가까워 보인다. 말은 세계를 만들고, 그 세계 안에서 인간은 다시 숨을 배운다. 이 책은 그 느린 과정을 조용히 따라간다.

PART 3

언어와 시, 사유의 미학

언어는 세계를 짓는 도구이며
시는 존재의 깊이를 드러내는 창이다.

1

『**두이노의 비가**』
라이너 마리아 릴케

살아 있음 앞에서 언어가 머뭇거리는 순간

라이너 마리아 릴케의 『두이노의 비가』는 시가 어디까지 갈 수 있는지를 시험하는 작품처럼 읽힌다. 이 시들은 설명을 앞세우지 않는다. 언어가 삶을 이해하려 애쓰는 과정 자체를 드러낸다. 읽는 이는 의미를 바로 붙잡기보다 질문 앞에 잠시 멈추게 된다. 릴케의 시는 무엇을 말하기보다 무엇 앞에 서 있는지를 보여준다. 인간은 어디서 와서 어디로 가는지, 그 사이의 시간은 어떻게 견뎌야 하는지를 묻는다. 질문은 곧바로 답으로 이어지지 않는다. 대신 오래 남는다.

릴케의 삶에는 고독이 자주 등장한다. 어린 시절의 상처는 그를 조용한 관찰자로 만들었다. 그는 세계를 쉽게 믿지 않았고, 대신 오래 바라보는 쪽을 택했다. 사랑은 그에게 위안이면서 동시에 깊은 흔들림이었다. 조각가 로댕과의 만남은 사물을 대하는 태도를 바꾸어 놓았다. 그는 사물을 설명하지 않고, 사물 앞에 머무는 법을 배웠다. 릴케가 말한 '사물을 본다'는 것은 외형을 살피는 일이 아니었다. 사물이 품고 있는 침묵에 귀를 기울이는 일이었다. 그 침묵이 어느 순간 시인의 내부로 스며드는 경험에 가까웠다. 『신시집』의 시들은 그렇게 태어났다. 사물은 대상이 아니라, 시 안에서 하나의 목소리가 된다.

릴케의 시는 늘 눈에 보이지 않는 쪽을 향한다. 손에 잡히지 않는 감각과 말로 다 담기지 않는 상태를 붙들려 한다. 『기도시집』에서 신은 분명한 모습으로 등장하지 않는다. 신은 부재에 가까운 상태로 머문다. 그러나 그 침묵은 공백이라기보다 더 조심스러운 대화처럼 느껴진다. 릴케의 기도는 무엇을 요구하기보다, 오래 듣는 태도에 가깝다.

『신시집』의 「표범」에서는 철창 속 동물이 등장한다. 철창은 공간이면서 동시에 인식의 틀처럼 보인다. 표범의 시선은 그 틀 안에서 반복되는 삶을 비춘다. 릴케는 그 시선을 통해 인간이 스스로에게 씌운 한계를 떠올리게 한다. 그의 시는 사물의 내부에서 울리는 고요를 언어로 옮기려 한다.

『두이노의 비가』는 이러한 시적 태도가 가장 밀도 있게 모인 작품이다. 첫 번째 비가는 절벽 위에서 시작된다. "누가 나를 들어 올릴 것인가"라는 질문은 절박한 외침에 가깝다. 그 질문에는 인간의 연약함이 그대로 남아 있다. 천사는 완전한 존재로 등장하지만, 릴케는 그 완전함 앞에서 인간의 불완전함을 더 선명히 바라본다. 이 시에서 죽음은 삶과 분리되지 않는다. 죽음은 삶을 끊는 사건이라기보다 삶의 다른 면처럼 다뤄진다. 사랑은 그 사이를 오가는 감각으로 나타난다. 삶과 죽음, 기쁨과 고통은 서로 밀어내지 않는다. 같은 흐름 안에 놓인다.

릴케의 언어는 격하지 않다. 큰 소리로 선언하지 않는다. 말은 자주 멈칫거리고, 침묵과 나란히 놓인다. 그의 시는 천천히 스며든다. 읽는 이는 문장을 따라가다 어느 순간 말보다 여운을 더 오래 붙잡게 된다. 릴케가 말한 천사는 초월의 상징이 아니라 인간이 끝내 도달하지 못하는 경계처럼 보인다. 『두이노의 비가』는 신이 없는 세계에서 인간이 어떻게 사랑을 이어갈 수 있는지를 묻는다. 그 질문은 단정적인 답으로 닫히지 않는다.

릴케는 생의 끝까지 시를 놓지 않았다. 장미를 사랑하던 시인은 장미 가시에 찔려 생을 마쳤다. 그 장면은 우연처럼 전해지지만, 그의 시 세계를 떠올리게 한다. 아름다움과 고통이 서로 멀리 있지 않다는 감각이 겹쳐진다. 묘비에 새겨진 문장은 릴케의 시와 함께 여전히 알려지고 있다. 장미와 모순, 잠과 시선이 한 줄 안에 놓인다. 릴케의 시는 지금도 독자에게 말을 건다. 고통을 피하지 않은 채 여전히 사랑을 선택할 수 있는지 묻는 방식으로.

2

『누가 릴케를 함부로 노래하나』
박홍규

찬미와 비판 사이에서 릴케를 다시 바라보다

릴케의 『두이노의 비가』를 읽고 나면 질문이 남는다. 시가 만들어내는 숭고한 분위기 뒤에, 한 인간으로서의 릴케는 어떤 사람이었을까. 그 의문에서 출발해 읽게 된 책이 박홍규의 『누가 릴케를 함부로 노래하나』다. 이 책은 릴케를 향한 일방적인 찬사를 멈추고, 시인과 그의 삶을 다른 각도에서 살핀다.

박홍규는 릴케를 신화처럼 떠받드는 태도를 경계한다. 그는 시인의 작품뿐 아니라 삶의 선택과 태도를 함께 놓고 본다. 그 과정에서 릴케가 스스로를 특별한 존재로 연출했던 순간들, 귀족 사회와의 밀착, 전쟁을 대하는 입장 등이 차례로 드러난다. 시가 품은 고결한 언어와 현실 속 태도 사이의 간극이 자연스럽게 드러난다.

저자는 릴케의 시 세계를 현실과 분리된 미적 공간으로만 보지 않는다. 신과 죽음을 노래한 언어가, 동시에 현실의 고통에서 한발 물러나려는 태도와 맞닿아 있었음을 짚는다. 구원을 말하면서도 구체적인 인간의 곁에 오래 머물지 않았던 시인의 모습이 겹쳐진다. 이 지점에서 박홍규의 비판은 감정적 비난보다는 기록에 가까워 보인다.

책의 중반부에서는 릴케가 한국 문단에 끼친 영향을 따라간다. 여러 시인들이 릴케의 고독한 이미지와 언어에 깊이 매혹되었음을 보여준다. 그 영향은 단순한 모방이 아니라, 각자의 시 안에서 다른 방식으로 변형되었다. 윤동주의 시와 릴케의 특정 작품을 나란히 놓는 대목은, 그 변주의 흔적을 구체적으로 보여준다.

박홍규는 릴케의 시적 성취 자체를 부정하지 않는다. 오히려 끊임없이 자신을 바꾸며 새로운 언어를 찾으려 했던 태도를 중요한 지점으로 짚는다. 고독 속에서 언어를 밀어붙였던 노력은 여전히 의미 있게 남는다. 다만 그 성취가 비판 없이 숭배될 때, 시인은 인간이 아닌 상징으로 굳어버린다. 이 책이 제안하는 태도는 분명하다. 작품과 삶을 무작정 동일시하지도, 완전히 분리하지도 않는다. 그 사이의 틈을 바라보며, 한 인간이 지닌 모순과 한계를 함께 읽어내려 한다. 비판은 거칠지 않고, 찬사는 절제되어 있다.

『두이노의 비가』가 시인의 내면에서 나온 고백이라면,『누가 릴케를 함부로 노래하나』는 그 고백을 다시 현실 위에 놓아본다. 찬미와 의문이 나란히 놓이는 자리에서, 릴케는 위대한 시인이면서 동시에 불완전한 인간으로 드러난다. 릴케의 시는 여전히 아름답게 남아 있다. 동시에 그 아름다움이 어떤 삶 위에서 만들어졌는지를 돌아보게 된다. 이 책은 바로 그 지점에서 독자의 시선을 멈추게 한다. 문학을 사랑하되, 무비판으로 믿지 않으려는 태도가 제시된다.

3

시대의 어둠 속에서 빛으로 남은 시인의 초상

윤동주의 「서시」는 조용하지만 또렷한 결의로 시대의 어둠을 건너간다. 이 시는 자신의 마음을 숨기지 않으려는 한 청년의 태도를 담고 있다. 고통을 외면하지 않고, 그 안에서 스스로를 살피려는 자세가 문장마다 드러난다. "잎새에 이는 바람에도 괴로워했다"는 고백은 개인의 감상이 아니라, 시대의 무게를 자기 몫으로 받아들이려는 마음에 가깝다.

윤동주는 식민지 조선의 청년이었다. 연희전문학교를 졸업한 뒤 일본 도시샤 대학에서 영문학을 공부했지만, 그곳에서도 자유로운 삶은 허락되지 않았다. 그는 조선독립운동과 관련된 혐의로 체포되었고, 후쿠오카 형무소에 수감되었다. 1945년 2월 16일, 해방을 불과 몇 달 앞두고 스물일곱의 나이로 생을 마쳤다.

SBS <그것이 알고 싶다> '윤동주, 잃어버린 기록' 편은 그의 죽음을 다시 살핀다. 방송을 통해 공개된 자료들은 윤동주가 일제의 생체실험 대상이었을 가능성을 조심스럽게 제기한다. 주사를 맞기 위해 죄수들이 줄을 서 있던 기록, 그의 이름이 남아 있는 실험 문서의 흔적들은 시인의 마지막이 우연이 아니었음을 짐작하게 한다. 그는 끝내 시대의 폭력 한가운데에서 생을 마감한 인물로 남는다.

그러나 윤동주의 시는 육체의 죽음 이후에도 계속 읽힌다. 「십자가」에서는 고통을 저주하지 않는다. 오히려 그 고통을 스스로 감당하며, 다른 방향의 삶을 바란다. 피 흘림은 절망이 아니라, 끝내 놓지 않으려는 희망의 형상으로 바뀐다. 「길」에서는 방황이 중심에 놓인다. 빼앗긴 이름과 방향을 되찾기 위해, 그는 계속 걸어야 하는 상태에 머문다. 삶은 완성보다 탐색에 가까운 것으로 그려진다.

윤동주의 시를 떠받치는 힘은 몇 가지로 정리된다. 부끄러움을 느낄 줄 아는 마음, 언어를 함부로 쓰지 않으려는 태도, 그리고 침묵 속에서도 물러서지 않는 자세다. 부끄러움은 자신을 돌아보게 하고, 언어의 절제는 시를 맑게 만든다. 직접 외치지 않아도, 그의 시에는 분명한 긴장이 흐른다.

오늘날 윤동주는 일본에서도 다시 읽히고 있다. 일본의 독자들은 그의 시를 한국어 원문으로 접하며, 그 안에 담긴 인간적인 고민에 귀를 기울인다. 1991년 일본 고등학교 현대문학 교과서에 그의 시가 실린 이후, 많은 학생들이 식민지 시대의 역사와 한 조선 시인의 삶을 함께 마주하게 되었다. 문학이 국경을 넘어 전달되는 순간이다.

윤동주는 별과 바람, 그리고 시를 남겼다. 별은 희미하지만 꺼지지 않는 빛이었고, 바람은 억눌린 시대 속에서도 이어지던 숨결이었다. 시는 그 둘을 붙잡아 두는 방식이었다. 그의 언어는 화려하지 않지만, 쉽게 닳지 않는다.

"한 점 부끄럼이 없기를" 바랐던 그의 말은 흠 없음의 선언이 아니라, 스스로를 더 엄격히 되돌아보려는 결심일 것이다. 윤동주의 시는 지금도 독자에게 쉼없이 질문을 던진다. 읽는 이는 잠시 멈춰 서게 되고, 자신을 돌아보게 된다. 별을 노래한 시인은 떠났지만, 그가 남긴 빛은 여전히 어둠 속에서 길을 밝힌다. 이 글은 한 편의 방송에서 다시 찾은 윤동주의 자리와 흔적을 기록한 것이다.

註:SBS 보도 프로그램 〈그것이 알고 싶다〉 '윤동주, 잃어버린 기록'

4

『독일, 어느 겨울 동화』
하인리히 하이네

현실과 예술, 자유를 향한 시적 사유

"우수 어린 달 11월이었다. 날씨는 날마다 더 흐려졌고, 바람은 나무에서 잎을 뜯어냈다. 그때 나는 독일로 넘어가는 여행을 했다."

하이네를 처음 떠올리면 많은 이들이 「로렐라이」를 먼저 기억한다. 강 위에 울려 퍼지는 노래와 전설 속 여인의 모습은 애수와 아름다움을 함께 품고 있다. 그 노래 속에서 인간의 외로움과 피할 수 없는 운명이 겹쳐 들린다. 그러나 다시 읽은 하이네는 단순한 낭만의 시인으로 머물지 않는다. 그는 현실을 외면하지 않았고, 예술이 무엇을 해야 하는지를 끝까지 묻던 인물이다.

젊은 시절 하이네의 사랑은 사촌누이 아멜리에를 향해 있었다. 이루어질 수 없었던 감정은 그의 초기 시에 깊은 흔적을 남긴다. 서정적인 문장 속에는 늘 좌절과 단념이 함께 놓인다.

「로렐라이」 역시 아름다운 연가라기보다, 사랑과 욕망이 파멸로 기울어가는 과정을 신화의 형식으로 옮긴 시에 가깝다. 흐르는 강물은 멈추지 않고, 노래는 같은 자리를 맴돈다.

"내가 순결한 처녀가 아니라는 것을 프랑스인들은 더 잘 안다. 그들은 그토록 빈번하게 내 물을 그들의 승리의 물과 섞었으니."

하이네의 언어는 언제나 부드러움 속에 날이 서 있다. 그는 낭만주의의 끝자락에서 이성과 감정, 꿈과 현실을 오가며 글을 썼다. 부모는 그가 상인이 되기를 바랐지만, 그는 그 기대에 머무르지 않았다. 시는 그에게 감정을 꾸미는 도구가 아니라, 세상과 부딪히는 방식이었다.

그 전환이 분명하게 드러난 작품이 『독일, 어느 겨울 동화』다. 이 시집에서 하이네는 더 이상 사랑과 몽상을 노래하지 않는다. 그는 검열과 억압 속의 독일 사회를 정면으로 바라본다. 권력의 위선, 민중의 피로, 침묵을 강요받은 현실이 풍자와 아이러니로 드러난다. 웃음은 가볍지만, 그 웃음이 향하는 대상은 분명하다.

"그는 깃발의 먼지도 털어내면서 내게 말했다. '나의 가장 큰 자랑은 비단이 좀먹지 않았고, 나무에도 벌레가 슬지 않은 것이라네.'"

장면에서 깃발은 권력을 떠올리게 하고, 좀먹지 않은 비단은 스스로를 깨끗하다고 주장하는 태도를 견지한다. 하이네는 설명하지 않고, 장면 하나로 상황을 드러낸다. 시는 감상을 피하는 대신 현실의 모순을 비추는 거울처럼 놓인다.

"어머니, 독일 거위는 맛이 좋아요. 그러나 프랑스 사람들은 우리보다 거위 속을 더 잘 채울 줄 안답니다."

그의 풍자는 차갑지만 잔인하지는 않다. 웃음 속에는 인간에 대한 연민이 남아 있다. 『아타 트롤, 한여름밤의 꿈』에서는 동물의 입을 빌려 인간 사회를 비틀어 보여준다. 우스꽝스러운 장면 뒤에는 인간의 속물성이 은근히 드러난다.

"오, 나의 여신이여 인간의 마음속 깊은 곳에는 때를 가리지 않고 깨어나는 생각들이 잠자고 있다오."

하이네의 시에는 고통을 부정하지 않으려는 태도가 반복된다. 그는 운명을 피하려 하지 않고, 그 안에서 살아가는 법을 찾는다. 훗날 니체가 말한 '운명을 사랑하라'는 생각을 떠올리게 하는 지점이다. 시는 감정의 기록이 아니라 현실에 응답하는 태도에 가깝다.

"난 너희 옛날이야기 속에 나오는 거칠고 우스꽝스러운 캐리

커처이다… 그러나 난 결코 내 근원을 부끄러워하지 않는다.”

이 자기 풍자는 웃음을 위한 장치가 아니다. 유대인으로 살아온 자신의 뿌리를 숨기지 않겠다는 선언에 가깝다. 하이네는 차별과 배제를 경험했지만, 그것을 침묵으로 덮지 않았다. 그는 자신의 조건을 시 속으로 끌어들여 언어로 맞섰다.

니체는 하이네를 “가장 위대한 독일 시인”이라 불렀다. 토마스 만과 루카치 또한 그의 시에서 예술과 현실이 만나는 지점을 읽어냈다. 『독일, 어느 겨울 동화』는 개인의 여행기이면서 동시에 시대를 건너는 기록으로 남는다.

하이네에게 시는 슬픔을 꾸미는 노래가 아니었다. 그것은 자유를 놓지 않기 위한 마지막 수단에 가까웠다. 그는 웃음으로 저항했고, 노래로 버텼다. 그의 시는 지금도 묻는 듯하다. 각자의 시대 앞에서, 우리는 어떤 언어를 선택하고 있는가.

5

『시로 풀어쓴 채근담』
홍자성

마음을 지키는 말, 삶을 가다듬는 문장

『채근담』은 명나라 말기의 사상가 홍자성이 남긴 짧은 글 모음이다. 전집과 후집을 합쳐 모두 359편의 문장이 실려 있고, 여기에 여섯 편을 더해 하루 한 장씩 읽을 수 있도록 엮였다. 제목의 '채근'은 나물의 뿌리를 뜻한다. 화려하지 않아도 삶의 맛을 아는 태도를 가리키는 말이다. 검소한 삶 속에서도 마음의 중심을 잃지 않으려는 자세가 이 책의 바탕에 놓여 있다.

이 책은 기존 번역서와 달리 금언을 시의 형식으로 옮겼다. 원문의 뜻을 설명하기보다 리듬과 호흡을 살리는 데 힘을 쏟는다. 칠언절구의 형식이 반복되며 문장은 짧고 단정하다. 읽는 동안 독자는 가르침을 받는 것이 아닌, 고요한 문장 곁에 머무는 느낌을 받게 된다. 잠언을 읽는 대신 시를 따라 숨을 고르는 시간에 가깝다.

저자는 이전 책에서 우화와 해설을 덧붙여 이해를 도왔다. 이번 책에서는 그 설명을 덜어냈다. 대신 언어 자체에 무게를 실었다. 고전의 뜻을 시로 옮기는 일은 해석을 늘리는 작업이 아니라 말을 줄이는 작업에 가깝다. 남은 문장 안에서 삶의 윤곽이 더 분명해진다.

『채근담』을 서양의 『잠언』과 나란히 놓고 읽어도 흥미롭다. 『잠언』이 신의 말로 삶의 기준을 세운다면, 『채근담』은 인간의 경험에서 길어 올린 말에 가깝다. 하나는 위에서 내려온 말이고, 다른 하나는 일상에서 길들여진 말이다. 그러나 두 책은 모두 마음을 지키는 일을 삶의 핵심으로 둔다. "무릇 지킬 만한 것보다 더욱 네 마음을 지키라." 이 성경 구절과 『채근담』의 문장들은 놀랍도록 닮아 있다. 홍자성에게 삶의 기준은 부귀나 명예가 아니다. 흔들리지 않는 마음의 상태가 더 중요하다. 그의 문장들은 끊임없이 묻는다. 지금 지키고 있는 것이 무엇인지, 그것이 정말 필요한 것인지.

후집의 글들은 더욱 자연에 기대어 있다. 산과 물, 달과 바람이 자주 등장한다. 자연은 장식이 아니라 반영이다. 그 안에서 인간의 욕심과 분노를 발견한다. 자연을 바라보는 일은 곧 자신을 돌아보는 일이 된다. 욕망이 잦아든 자리에서 비로소 마음의 평형이 드러난다. "고요한 산의 이끼는 부귀의 먼지를 모른다.

흐르는 물은 명예의 무게를 짊어지지 않는다" 이 짧은 문장은 많은 설명을 필요로 하지 않는다. 덜어냄이 곧 삶의 중심이라는 뜻이 자연스럽게 전해진다. 채워야 완성되는 삶이 아니라, 비워야 보이는 삶을 말하고 있다.

사람은 시대와 상관없이 같은 질문을 되풀이해 왔다. 어떻게 살아야 하는가, 무엇을 붙들어야 하는가. 우리에게도 수많은 교훈서가 남아 있지만, 질문은 여전히 현재형이다. 『채근담』이 오래 읽히는 이유는 답을 강요하지 않기 때문이다. 대신 삶을 고르게 가다듬는 방법을 보여준다. 이 책은 독자에게 속도를 늦추라는 말처럼 다가온다. 더 가지라고 말하지 않고, 잠시 내려놓으라고 권한다. 마음이 고요해질 때 비로소 보이는 것들이 있다는 사실을 상기시킨다. 질긴 나물 뿌리를 오래 씹듯, 이 문장들은 천천히 읽을 때 제맛을 낸다.

6

해체된 말 속에서 드러나는 인간의 얼굴

이상을 다시 읽는 일은 부서진 언어의 자리에서 인간의 삶을 더듬는 경험에 가깝다. 그는 생전에는 난해한 작가로 취급되었고, 사후에야 한국문학의 전위적 출발점으로 자리 잡았다. 그의 작품 가치를 처음 알아본 이는 상허 이태준과 박태원이었다. 두 사람의 지지 덕분에 이상은 실험적 문학을 대표하는 작가로 다시 불리게 되었다.

시는 무엇인가라는 질문은 동서양에서 오래 논의되어 왔다. 동양에서는 시를 도를 담는 말로 이해해 왔고, 서양에서는 현실을 반영하는 언어로 보아왔다. 그러나 이상의 시 앞에서는 이런 구분이 쉽게 무너진다. 그는 시를 해설이 아니라, 의미가 충돌하는 지점으로 옮겨 놓는다. 문법과 의미를 해체함으로써 시가 무엇을 할 수 있는지를 다시 묻게 한다.

「오감도」는 발표 당시 큰 충격을 주었다. 숫자와 기호, 문장 부호가 전면에 등장했고, 익숙한 문장의 흐름은 사라졌다. 이 시는 다다이즘과 초현실주의의 영향을 받아 기존 시의 질서를 뒤집는다. 독자들은 낯섦과 불편함을 느꼈고, 연재는 중단되었다. 그러나 그 혼란 속에는 갈라진 시대를 살아가는 인간의 정신을 그대로 옮기려는 의도가 스며 있다. 띄어쓰기조차 허용되지 않은 문장은 세계가 이어지지 않는 감각을 전한다. 말과 말 사이가 막힌 상태, 생각이 흐르지 못하는 상태가 그대로 드러난다. 그의 시는 깨어진 언어로 근대인의 불안과 고립을 드러낸다. 만약 「오감도」가 끝까지 이어졌다면, 한국 현대시의 리듬은 지금과 달라졌을지도 모른다.

그의 산문에서는 또 다른 얼굴이 보인다. 시에서 느껴지는 긴장과 달리, 산문은 의외로 부드럽다. 『권태』에 등장하는 여름 농촌의 풍경은 구체적이고 선명하다. 문장은 감각을 따라 천천히 움직인다. 이 글들은 말보다 이미지에 가까운 방식으로 읽힌다. 건축과 미술을 공부했던 그의 이력이 자연스럽게 드러나는 지점이다.

김기림에게 보낸 편지에는 예술가로서의 고립과 결핍이 고스란히 담겨 있다. 이상에게 글쓰기는 삶의 불안을 견디는 방식에 가까웠다. 그의 생은 짧게 끝났지만, 남겨진 언어는 여전히 현재형으로 작동한다. 그것은 새로운 형식을 실험한 기록이라기보다, 기호와 기호 사이의 간극을 드러내며 새로운 의미를 구축하려는 흔적이다. 오늘 그의 작품을 다시 펼치면 한 가지 질문이 따라온다. 시는 무엇을 할 수 있는가. 그리고 그 질문을 따라가다 보면, 인간에게 늘 붙어 있는 불안을 다시 마주하게 된다.

말로 지은 집, 시를 밝히는 불빛

시는 하나의 얼굴로 고정된 형상이 아니다. 보는 각도에 따라 다른 결이 드러나는 구조에 가깝다. 그래서 시에는 하나의 답이 정해지지 않는다. 남겨진 여백과 불확실성이 시 읽기의 즐거움으로 이어진다.

예전에 내 시 한 편을 평론가에게 맡긴 적이 있다. 그는 "다소 난해하다"는 말만 남겼다. 그 평은 오래 마음에 남았다. 시간이 흐른 뒤, 같은 내 시를 다른 시인이 다룬 글을 읽게 되었다. 그는 짧은 분량 탓에 충분히 다루지 못했다고 덧붙였다. 그 한 줄에서 시 읽기의 태도가 드러나 보였다. 시는 이해의 대상이기보다 마음이 닿는 순간으로 다가오기도 한다.

이어령의 시 읽기는 이런 만남의 순간을 넓힌다. 언어의 구조를 살피면서도 인간의 내면을 향해 시선을 옮긴다. 이 책에 실린 서른두 편의 해석은 촘촘하지만, 하나의 결론으로 닫히지 않는다. 그는 시를 열려 있는 형식으로 다룬다. 독자의 삶이 스며들 때, 시는 각기 다른 모습으로 살아난다.

김소월의 「엄마야 누나야」에서 작가는 '야'라는 호격조사에 주목한다. "엄마야 누나야 강변 살자/뜰에는 반짝이는 금모래빛" 이 짧은 호명은 단순한 호출이 아니다. 현실의 자리를 떠나 상상의 공간으로 건너가게 하는 문이 된다. 한 음절이 문장의 흐름을 바꾸는 셈이다. 「진달래꽃」에서도 그는 어미의 힘을 짚는다. "말없이 고이 보내 드리오리다" 이 표현은 현재의 결심이 아니라 아직 오지 않은 시간을 향한다. 부정처럼 보이는 태도는 오히려 깊은 긍정으로 돌아선다. 그 반전이 이 시를 오래 남게 한다는 해석이 이어진다. 정지용의 「춘설」을 통해 한 시인을 한 작품으로만 기억하는 습관을 돌아보게 한다. 「향수」의 서정 뒤편에 숨은 낯선 감각이 다시 떠오른다. 이어서 이육사의 「광야」에서는 저항의 맥락을 넘어선 읽기가 제시된다. "까마득한 날에/하늘이 처음 열리고" 이 시의 시간은 역사 이전을 향하고, 공간은 인간의 가장 깊은 자리로 열려 있다.

김상용의 「남으로 창을 내겠소」의 "왜 사냐건 웃지요"라는 구절은 삶을 단정하지 않는다. 허무와 초월이 동시에 스친다. 이어령은 이를 이백의 「산중문답」과 나란히 놓는다. 말이 닿지 못하는 지점에서, 침묵이 하나의 표현이 된다. 김광섭의 「저녁에」의 "어디서 무엇이 되어 다시 만나랴"는 문장은 김환기의 「점화」와 함께 널리 알려졌다. 이 시는 읽을 때마다 다른 빛으로 다가온다. 삶의 공허함이 조용한 위로로 바뀌는 순간이 생긴다. 한용운의 「군말」에 나타난 '님'의 형상, 심훈의 「그날이 오면」이 지닌 보편적 울림, 김광균의 「외인촌」이 보여주는 균형감도 함께 다뤄진다. "분수처럼 흩어지는 푸른 종소리" 이 한 줄은 한국시가 세계문학과 만나는 지점을 떠올리게 한다. 김현승의 「가을의 기도」 역시 그러하다. "가을에는 기도하게 하소서" 이 시는 릴케의 「가을날」과 나란히 놓이며, 언어를 통한 고백과 낮아짐의 태도를 보여준다. 윤동주의 「자화상」, 김기림의 「바다와 나비」, 오장환의 「The Last Train」, 김동명의 「파초」, 김동환의 「웃은 죄」, 유치환의 「귀고」까지, 이 시들은 한 권 안에서 서로를 드러낸다.

책의 끝에는 원문과 주석, 작가 소개와 인덱스가 실려 있다. 읽기의 깊이를 돕는 장치들이다. 그러나 그는 해석의 틀을 경계한다. 교과서적 설명이 시를 가둘 수 있다는 점을 잊지 않는다. 이어령의 말은 설명에서 멈추지 않고 다시 독자에게로 돌아온다.

빠르게 움직이는 세상 속에서, 한 줄의 시가 불빛처럼 켜지는 순간이 있다. 예고 없이 다가온 문장이 마음을 두드릴 때가 그렇다. 그때 나는 그 말을 조용히 적어 둔다. 이어령의 시 읽기는 결국 한 사람이 언어로 지은 집처럼 보인다. 그 집의 창마다 켜진 불빛은, 독자 각자의 밤에도 닿아 있다.

8

『몽테뉴 수상록』
미셸 드 몽테뉴

생각을 돌아보는 글쓰기

미셸 에켐 드 몽테뉴는 1533년 프랑스 페리고르의 몽테뉴 성에서 태어났다. 그는 귀족 가문 출신이었지만, 어린 시절을 성 밖 농가에서 보냈다. 부친의 교육 방식 때문이었다. 작가는 신분보다 삶의 태도가 사람을 만든다고 여겼다. 귀족의 체면보다 농민의 소박함을 배우려 했다.

몽테뉴의 신앙은 겉으로 드러나는 열심보다 낮아짐에 가까웠다. "영광과 명예는 신에게 속한다"는 말에는 인간의 한계를 인정하는 태도가 담겨 있다. 인간 안에 진리가 머물기 어렵다는 고백 역시 스스로를 낮추는 말로 읽힌다. 이런 태도는 신앙을 가진 독자에게도 낯설지 않다.

몽테뉴의 글에는 고대 작가들의 문장이 자주 등장한다. 세네카, 소크라테스, 키케로, 베르길리우스, 오비디우스가 그 예다.

그는 인용을 통해 권위를 세우기보다 자신의 경험을 비추는 거울로 삼는다. 독서와 대화, 정치와 여행 같은 일상의 장면이 글의 바탕이 된다. 그는 이성을 삶의 기준으로 삼자고 말한다. 동시에 자신 밖에서 답을 찾지 말라고 권한다. 양심이야말로 인간의 판단을 증명해 준다고 본다. 자만심을 인간에게 가장 흔한 병으로 여긴 것도 같은 맥락이다.

그는 다른 존재의 입장에서 생각하려는 태도를 강조한다. 짐승에게조차 시선을 옮겨 보라고 말한다. 학문과 철학 앞에서도 경계심을 늦추지 않는다. 겉으로 그럴듯한 이론에 쉽게 기대지 말라고 조언한다. 이 말은 오늘의 독자에게도 유효해 보인다.

플라톤의 말을 빌려, 그는 배움을 기억의 회복으로 이해한다. 정신과 몸이 서로 영향을 주고받는다는 점도 짚는다. 지나친 노력으로 지식을 쌓는 데에는 거리를 둔다. 이해에는 한계가 있으며, 그 한계를 인정하는 태도가 필요하다고 여긴다.

말에서 떨어져 죽음의 문턱을 넘나든 경험은 그의 글에 흔적을 남긴다. 오랜 병을 겪으며 그는 고통에 익숙해질 수 있다고 적는다. 삶을 통제하기보다 받아들이는 쪽에 가까운 태도다. 노년의 삶에 대해 그는 독서와 산책을 권한다. 독서는 혼자서도 가능하며, 마음을 정돈하는 데 도움이 된다고 본다. 산책은 생각을 움직이게 하는 행위로 여긴다. 몸이 멈추면 생각도 함께 멈춘다는 말이 이어진다.

그는 다양한 의견을 불편해하지 않으려 했다. 자기 신념과 달라도 놀라지 않겠다고 말한다. 인간이 만들어낸 생각 가운데 쓸모없는 것은 없다고 여긴다. 논쟁에는 언제나 차이가 필요하다는 점도 함께 떠올린다. 책은 그의 삶에서 가장 오래 곁에 있던 존재였다. 책은 고독을 덜어 주고, 한가로운 시간을 견디게 해 준다고 쓴다. 이 고백은 독서의 효용을 과장하지 않는다. 다만 삶의 동반자로서 책의 자리를 보여준다.

몽테뉴의 글은 이후 많은 사상가에게 영향을 주었다. 셰익스피어와 루소, 에머슨과 니체의 이름이 이어진다. 그는 절제와 기쁨 사이에서 균형을 찾으려 했다. 인간의 본능을 부정하지 않으면서도 이성의 역할을 강조한다. 그는 사실에 기대어 자신의 생각을 풀어내는 산문 형식을 정착시켰다. 오늘날 에세이라 부르는 글의 출발점이다. 문장 곳곳에는 짧지만 오래 남는 말들이 놓여 있다. 다만 조사와 어순이 매끄럽지 않은 부분도 눈에 띈다. 번역의 문제로, 읽는 흐름을 방해하는 대목이 있어 아쉬움이 남는다.

9

『철학적 시 읽기의 즐거움』
강신주

시와 철학이 마주하는 자리

시와 철학은 서로 다른 언어를 쓰지만, 같은 지점을 향해 움직인다. 하나는 감정에서 출발하고, 다른 하나는 생각에서 출발한다. 두 영역이 만날 때, 인간을 이해하려는 인문학의 울림이 생겨난다. 저자는 철학을 공부한 뒤 시가 더 또렷하게 다가왔다고 말한다. 감정과 생각은 따로 존재하지 않기 때문이다. 철학은 삶을 돌아보는 방법이다. 살아가며 피할 수 없는 질문에 답을 시도하는 과정이다. 이 책은 시인과 철학자를 한 쌍으로 묶어, 언어와 생각이 만나는 장면을 보여준다. 총 스물한 명의 시인과 철학자가 등장한다. 각 장은 하나의 대화처럼 구성된다.

네그리와 박노해의 글에서는 '민중'이 아닌 '다중'이라는 개념이 다뤄진다. 비트겐슈타인과 기형도에서는 언어가 세계를 지탱하는 방식이 드러난다. 아렌트와 김남주의 글에서는 생각하는 일이 선택이 아니라 책임에 가깝다는 점이 떠오른다. 알튀

세르와 강은교의 만남에서는 함께함의 가능성이 논의된다. 바타이유와 박정대의 장에서는 인간의 욕망이 가진 그림자가 보인다. 벤야민과 유하에서는 소비 사회의 구조가 시를 통해 반영된다. 레비나스와 원재훈의 글에서는 기다림과 타인을 향한 태도가 중심에 놓인다. 니체와 황동규에서는 잊는다는 행위가 삶을 가볍게 만드는 지혜로 읽힌다.

푸코와 김수영의 장에서는 스스로 순응하는 위험이 드러난다. 하이데거와 김춘수의 만남에서는 인간과 삶의 관계가 다시 생각된다. 마지막으로 박동환과 김준태의 글에서는 한국적 사고의 자리가 정리된다. 각각의 짝은 서로를 설명하기보다 질문을 확장하는 역할을 한다.

이들이 독자를 생각의 경계로 이끄는 이유는 분명해 보인다. 자유를 단순한 권리가 아니라 삶의 움직임으로 보기 때문이다. 저자는 스피노자의 생각을 빌려 기쁨을 삶이 넓어지는 순간으로 이해한다. 그러나 그 기쁨은 혼자만의 것이 될 수 없다고 말한다. 누군가의 슬픔 위에 세워진 기쁨은 오래가지 않기 때문이다. 이 흐름 속에서 저자는 피에르 클라스트르의 질문을 불러온다. 국가 없는 사회의 사례를 통해 자유를 다시 생각하게 한다. 자유는 인간에게만 허락된 것이 아니라 살아 있는 모든 존재의 성향에 가깝다는 설명이다. 이 대목에서 독자는 바다로 돌아간

제돌이와 삼돌이를 떠올리게 된다. 자유는 개념이 아니라 선택의 문제로 다가온다.

강신주의 시 읽기는 기존의 평론과 양상이 다르다. 철학의 언어로 접근하지만, 시가 지닌 떨림을 놓치지 않으려 한다. 생각은 설명에 머물지 않고 감각으로 옮겨간다. 철학이 시 속으로 들어갈 때, 이해는 머리가 아니라 몸에서 일어난다.

이 책은 철학과 문학이 서로를 드러내는 방식을 보여준다. 두 영역은 떨어져 있지 않다. 같은 질문을 다른 말로 건넬 뿐이다. 독자는 책을 덮으며 자신에게 남은 감각을 돌아보게 된다. 그것은 지식일 수도 있고, 마음의 흔들림일 수도 있다. 시와 철학의 만남은 그렇게 삶을 다시 바라보게 하는 계기로 남는다.

10

『철학적 시 읽기의 괴로움』
강신주

시와 철학이 서로를 불편하게 비추는 순간

『철학적 시 읽기의 괴로움』은 시와 철학의 만남이 왜 늘 매끄럽지 않은지를 묻는 책이다. 앞선『철학적 시 읽기의 즐거움』이 만남의 가능성을 보여주었다면, 이 책은 그 과정에서 생기는 어긋남과 긴장을 따라간다. 생각이 감정의 언어로 옮겨질 때, 말로 다 닿지 않는 지점을 드러낸다.

시와 철학은 서로를 필요로 하지만 완전히 겹쳐지지는 않는다. 시는 생각을 흔들고, 철학은 그 흔들림을 따라 의미를 더듬는다. 독자는 그 사이에서 쉽게 이해되지 않는 순간과 마주한다. 이 책에서 말하는 '괴로움'은 바로 그 이해의 틈에서 생겨난다. 강신주는 시와 철학을 대립시키지 않는다. 두 영역은 서로를 비추며 자신을 돌아보게 만든다. 철학이 설명의 언어라면, 시는 상처와 욕망이 스며든 언어에 가깝다. 철학자가 시를 읽는다는 것은 생각이 감정을 통과하며 자기 모습을 다시 바라보는 일에 닿아 있다. 책은 스물한 명의 시인과 스물한 명의 철학자를 나란히 읽는다. 각 장은 해석의 결론을 제시하기보다 질문이 생겨나는 지점을 남긴다. 독자는 그 질문 앞에서 쉽게 넘어가지 못한다.

김수영의 「달나라의 장난」을 푸코의 권력 개념과 함께 읽는 장면이 눈에 띈다. 팽이가 제자리를 도는 이미지는 벗어나지 못하는 상태와, 그 상태를 의심하는 마음을 동시에 떠올리게 한다. 저자는 문학이 개인의 아픔을 사회의 문제로 넓힐 때 의미를 얻는다고 말한다. 김수영의 시에 담긴 꿈은 실현 가능성보다 포기하지 않는 태도와 연결된다.

이성복과 라캉을 함께 읽는 대목에서는 인간 안에 자리한 불안이 드러난다. 문정희와 이리가레를 잇는 장에서는 여성의 언어가 억압을 넘어 관계의 다른 가능성으로 이동한다. 여기서 시는 설명의 대상이 아니라, 독자 안에서 생각을 일으키는 힘으로 작동한다.

후반부로 갈수록 사유의 흐름은 더 깊어진다. 김정환과 마르크스를 통해 노동과 창작의 관계를 다시 생각하게 된다. 백석과 나카무라 유지로의 글에서는 함께 느끼고 공감하는 감각이 중심에 놓인다. 김종삼과 블랑쇼를 함께 읽는 장에서는 인간이 자기 바깥과 마주할 때 자신을 인식하게 된다는 생각이 스친다.

함민복의 시와 기 드보르의 『스펙터클의 사회』를 나란히 읽는 부분에서는 이미지에 둘러싸인 현대의 삶이 드러난다. 저자는 철학으로 시를 재단하려 하지 않는다. 오히려 시를 통해 철학의 시야가 흔들리는 순간에 주목한다. 그의 사유는 개념을 쌓는 방식보다는 지각의 반응을 따라간다.

결국 이 책은 철학으로 시를 설명하려는 시도가 아니다. 시 앞에서 멈춰 선 한 사람이 느끼는 난감함에 가깝다. 철학은 설명하려 들고, 시는 그 설명을 어긋나게 만든다. 그 어긋남 속에서 독자는 불편함을 느낀다. 그리고 바로 그 지점에서 생각이 다시 움직이기 시작한다.

11

『늙은 시인으로부터의 편지』
김대규

시와 철학, 그리고 읽는 태도에 대하여

『늙은 시인으로부터의 편지』는 서간문 형식으로 쓰인 문학 산문이다. 문학 동인 모임에서 시인의 강연을 듣는 듯한 느낌을 준다. 읽은 책의 문장을 소개하고, 그 문장에 자신의 생각을 덧붙이는 방식으로 글이 이어진다. 이 과정에서 문학은 혼자만의 사유가 아니라 대화의 형식으로 드러난다. 책을 읽는 일은 작가를 만나는 일이며, 그 만남이 이어질 때 사유가 깊어진다는 점이 자연스럽게 전해진다.

이 글은 독서 기록이면서 동시에 시인의 문학관을 담은 일기처럼 읽힌다. 시에 대한 생각에서 출발해 문학 전반으로 시선이 넓어진다. 동서양 작가들의 삶과 문장이 차분히 인용되며 글의 전개를 이끈다. 시의 의미, 짧은 문장의 힘, 신화적 상상력에 대한 언급들은 오래된 강의 노트를 넘기는 느낌을 준다.

특히 "상상력의 수련에 시간을 들이라"는 말이 눈에 남는다. 상상력이 부족한 시는 사물의 겉모습에 머물게 된다는 지적이다. 시인은 이를 감각의 빈곤으로 연결해 설명한다. 뮤즈의 초대를 받지 못한 시인은 사유의 문턱에 서 있다는 비유도 등장한다. 고전 시학에 대한 설명도 이어진다. 호메로스의 신화, 플라톤의 시인 논의, 아리스토텔레스의 『시학』이 오늘의 언어로 다시 불려 나온다. 공자의 '사무사', 시경의 구절, 한시 작법의 기본 개념들도 차분히 정리된다. 낯선 용어들은 설명과 함께 제시되어 부담을 덜어준다.

독서에 대한 이야기도 글의 중요한 축을 이룬다. 시인은 좋은 책을 좋은 친구에 비유한다. 책은 위대한 사상가가 남긴 흔적이며, 인생 또한 한 권의 책처럼 읽힌다고 말한다. 삶에서 배운 많은 것이 사람보다 책에서 왔다는 고백도 담겨 있다. 책을 대충 읽는 태도와 정성껏 읽는 태도의 차이를 짚으며, 한 번의 독서를 소중히 여길 것을 권한다. 도스토예프스키와 니체의 독서 일화는 그 예로 제시된다. 장년기에 접어든 독자에게는 마음으로 읽는 정독을 제안한다. 알베르토 망구엘의 책이 함께 언급되며, 의심하며 읽는 태도가 사유를 키운다고 덧붙인다.

시인은 쉼보르스카의 노벨문학상 수상 연설을 인용하며 언어와 위트의 관계를 짚는다. 짧은 말 속에 담긴 여유와 정확성이 문학의 품격을 보여준다는 점이 드러난다. '문학 십훈'에서는 작품과 삶이 반드시 비례하지 않는다는 말로 시인과 작품의 거리를 생각하게 한다. 니체와 루 살로메, 라로슈푸코의 문장이 그 논의를 돕는다. 랭보의 문장과 브로드스키의 재판 기록은 예술가의 고통과 선택을 보여주는 사례로 놓인다. 두 줄 시와 하이쿠 같은 짧은 형식의 인용은 글의 호흡을 가볍게 만든다.

문인들의 묘비명과 헌사에 대한 언급도 인상적이다. 한 줄의 시가 생의 끝에 남겨질 때, 시는 단순한 문장이 아니라 삶의 흔적으로 남는다. 시를 향한 헌신이 독자에게 잔잔한 여운을 남긴다.

마지막으로 시인은 시의 다양성을 말한다. 삶이 다양한 만큼 시의 모습도 하나로 정해지지 않는다. 같은 작품이라도 독자에 따라 다르게 읽힌다. 문학은 시대의 이야기이면서 개인의 내면을 드러내는 숨결이다. 빠른 변화의 시대 속에서도 시는 마음을 가라앉히는 역할을 이어간다. 어떤 시로 무엇을 전할지는 결국 각 시인의 선택으로 남는다.

이 글은 거창한 주장을 앞세우지 않는다. 오랜 독서와 강의, 시를 써온 시간 속에서 길어 올린 생각이 차분히 담겨 있다. 강의에서 뵌 노시인의 형형한 눈빛이 떠오른다. 시인의 언어에는

삶의 경험과 절제된 태도가 배어 있다. 독자는 이 편지를 통해
문학의 품격이 무엇인지 다시 생각하게 된다. 시는 삶을 다루는
기술이자 인간을 이해하려는 오래된 방식으로 다가온다.

12

『강제이주열차』
이동순

인간에게 가장 무서운 적은 인간이다

이동순의 시집 『강제이주열차』를 읽으며 가장 먼저 떠오른 문장이다. 이 시집은 한 개인의 내면을 노래하지 않는다. 대신 인간이 인간에게 가한 폭력을 기록한다. 망각에 맞서 기억을 붙들려는 언어의 증언에 가깝다. 소련의 일방적이고 강압적인 이주 정책을 따라가다 보면, 독자는 시인의 시선을 통해 역사 가장 낮은 곳에 남겨진 상처와 마주하게 된다. 나는 그 장면에서 조지 오웰의 『동물농장』을 떠올렸다. 권력의 광기와 인간의 존엄이 무너지는 순간마다 반복되는 것은, 늘 '강제'라는 이름의 폭력이기 때문이다.

연해주로 건너가 삶의 터전을 일군 고려인들은 전쟁 중 일본의 첩자가 될 수 있다는 단 하나의 의심만으로 강제 이주의 열차에 실렸다. 시집은 그 열차 안에서 벌어진 참혹한 생존의 시간을 외면하지 않는다. 갓난아이가 죽고 늙은 부모가 쓰러져도 아무도 손을 쓸 수 없었다. 시신은 천에 싸여 열차 밖으로 던져졌고, 한 사람의 생명은 그저 숫자로 처리되었다. 시인은 묻는다.

"고려인은 밟혀 죽어야 하는 잡초만도 못한 존재인가."

이 물음은 단순한 역사적 탄식에 머물지 않는다. 인간의 도리를 근원에서부터 다시 묻게 한다. 인간은 왜 같은 인간을 이렇게까지 몰아붙이는가. 권력은 왜 타인의 고통을 보지 못하는가. 욕심과 이념의 이름으로 자행된 폭력은 시대가 바뀌어도 형태만 달라진 채 반복된다.

시집을 읽으며 나는 자연스럽게 아버지를 떠올렸다. 아버지는 일본에 의해 만주로 강제 징용되어 고초를 겪고 돌아오신 분이었다. 귀향 이후에도 건강은 회복되지 않았고, 집 안에는 늘 한약 냄새가 맴돌았다. 그 냄새는 내게 단순한 병약함의 흔적이 아니라 시대가 남긴 상처의 냄새로 기억되어 있다. 『강제이주열차』 속 고려인의 절규는 그렇게 내 가족의 기억과 맞닿아 있었다. 개인의 경험이 집단의 비극과 겹쳐질 때, 시는 한 민족의 마음을 대신 말하는 언어가 된다.

책을 읽는 동안, 내 곁의 반려견 또미가 나흘째 집에 들어오지 않았다. 시 속에서 연해주를 떠날 때 기르던 개들이 기차역까지 쫓아와 주인을 찾는 장면을 만났을 때, 나는 더 이상 책장을 넘길 수 없었다. 그 울음은 단지 동물의 울음이 아니었다. 주인을 잃은 이들의 울음처럼 들렸고, 사랑과 상실이라는 가장 원초적인 감정으로 이어졌다. 그 순간, 폭력은 인간의 얼굴을 완전히 지워버린다.

이동순은 과거의 사건을 단순히 재현하는 데 그치지 않는다. 그는 고려인들이 남긴 말과 노래, 신앙과 일상의 흔적을 한 편 한 편 불러낸다. 억압 속에서도 사라지지 않은 문장 한 줄, 편지 한 장이 역사적 증언이 된다. 시인은 말한다. "누군가는 이 이야기를 써야 했다." 그 말은 곧 시를 쓰는 이유에 대한 고백이다. 문학은 때로 역사 기록보다 오래 살아남는다. 『강제이주열차』는 문학이 어떻게 인간의 기억을 지켜내는지를 보여주는 한 사례다.

"무릇 시는 왜 쓰는가."
이 질문은 시집 전체를 관통한다. 시는 고통을 잊지 않기 위해 쓰이고, 망각에 맞서기 위해 존재하며, 무너진 인간의 존엄을 다시 세우기 위해 필요하다. 이동순의 시는 기록이면서 동시에 기도에 가깝다. 절망 속에서도 인간을 완전히 포기하지 않으려는 마지막 믿음의 언어다. 책을 덮은 뒤에도 그 질문은 오래도록 마음에 남는다.

이 시집은 고려인만의 비극을 다룬 책이 아니다. 인간이 얼마나 쉽게 타인의 고통에 무감각해질 수 있는 존재인지를 드러내는 작품이다. 그래서 『강제이주열차』는 과거의 기록이 아니라 지금도 계속되고 있는 인간의 문제를 다룬 책이며, 오늘의 독자에게 건네는 경고처럼 읽힌다.

13

『아침 그리고 저녁』, 『보트하우스』, 『3부작』
요 포세

삶과 죽음의 경계에서 배우는 침묵의 리듬

그의 문체는 전반적으로 간결한 편에 속한다. 플롯 또한 복잡하게 얽히기보다는 일상의 흐름을 따라가며 전개된다. 이해하기 쉬운 삶의 장면들이 반복과 여백을 통해 점차 깊이를 얻어가는 방식으로 읽힌다. 노르웨이 서부 해안 도시 허우게순에서 태어나 하르당게르피오르의 작은 마을에서 성장한 욘 포세는, 피오르의 자연을 배경으로 한 작품들을 지속적으로 써왔다. 바다와 바람, 비와 외딴집, 낡은 보트하우스와 오래된 사물들은 인물들보다 오래 머물며 삶과 죽음의 흔적을 간직하는 존재처럼 그려진다. 이러한 풍경 속에서 그의 문장은 인간의 내면을 조용히 비추는 방향으로 이어진다.

첫째, 『아침 그리고 저녁』은 삶과 죽음의 원형을 담은 액자소설이다. 마침표가 극히 적고 대부분이 쉼표로 이어진다는 점이 눈에 띈다. 이는 인생이 끝나기 전까지 완결되지 않는 흐름이라는 인상을 남긴다. 구두점의 이러한 사용은 문장의 의미를 넓히는 장치로 작동하는 듯하다. 작가가 언급했듯 "내 글의 근간을 이루는 것은 스트라네바름의 소리들"이라는 말은, 그의 문학이 풍경의 청각적 기억에서 비롯되었음을 짐작하게 한다. 가을의 어둠, 바람과 피오르 위로 쏟아지는 장대비, 좁은 마을 길을 내려가는 소년, 불빛이 새어 나오는 외딴집의 이미지들은 그의 감수성의 근원으로 반복된다.

소설은 산파 안나가 더운 물을 요청하는 장면에서 시작된다. 주인공 올라이의 아내 마르타가 산통을 겪고 있기 때문이다. 올라이는 아이가 태어나면 요하넥스라는 이름을 붙이겠다고 말한다. 자신이 직접 겪을 수 없는 산통의 소리는 반복되는 자음과 모음으로 옮겨지며, '그래', '아니', '그리고' 같은 단어들이 리듬을 형성한다. 이 언어의 흐름은 삶과 죽음의 경계를 느슨하게 잇는 역할을 한다. 이어지는 장에서는 요하넥스가 어느새 손주를 둔 노인으로 등장한다. 탄생과 죽음, 세대의 교체가 한순간에 압축되어 제시된다. 발화가 아닌 생각으로 이어지는 그의 독백 속에서, 인간 내면의 고요한 층위가 드러나는 듯하다. 비문과 반복, 침묵으로 구성된 욘 포세의 문장은 독자가 문장 속 리듬에 몸을 맡기게 한다. 이 작품에서 '사이'와 '침묵'은 서사의 중요한 구조로 작용한다.

둘째, 『보트하우스』는 어머니와 함께 사는 한 남자의 불안과 고립을 중심으로 전개된다. 그는 서른이 넘도록 뚜렷한 성취를 이루지 못한 채 글쓰기로 불안을 달래려 한다. 어머니를 도우며 살아가지만, 세상과의 관계에서는 늘 불안정한 위치에 머문다. 친구 크누텐과의 과거, 그 아내와의 미묘한 관계 속에서 죄의식과 두려움은 반복적으로 되살아난다. 이 작품에서 독백과 반복, 내면의 되뇌임은 욘 포세 문체의 핵심으로 보인다. 말하지 못한 감정과 오해, 침묵은 인간의 고독을 점차 심화시킨다. 결국 크누텐의 아내가 물에 빠져 죽음에 이르는 결말은, 표현되지 못한 감정이 비극으로 이어진 과정을 보여준다.

셋째, 『3부작』은 쉼표만으로 이어지는 장대한 리듬의 작품이다. 1부 〈잠 못 드는 사람들〉에서 아슬레와 임신한 알리다는 폭우 속에서 방을 구하지 못한 채 거리를 헤맨다. 비와 어둠, 피로 속에서 태어나는 생명은 위태로우면서도 신비로운 장면으로 그려진다. 2부 〈올라브의 꿈〉에서는 이름을 바꾼 두 사람이 새로운 삶을 시작하지만, 운명은 다시 그들을 벼랑으로 몰아간다. 억울한 누명으로 교수형에 처해지는 올라브의 죽음은 부조리한 세계 앞에서 인간이 감당해야 할 한계를 떠올리게 한다. 3부 〈해 질 무렵〉에서 알리다는 남편을 기다리며 아슬레의 흔적을 좇는다. 현실과 환상이 교차하는 여정 속에서 사랑과 믿음의 끝, 삶의 허무가 조용히 드러난다. 우연히 발견한 팔찌는 생의 순환과 회귀를 암시하며, 알리다는 결국 바다로 들어간다.

욘 포세의 문학은 평범한 사람들의 삶을 가장 깊은 고독의 층위로 확장해 보인다. 반복과 여백, 리듬과 침묵은 그의 문체를 지탱하는 중심축처럼 느껴진다. 신 노르웨이어 특유의 리듬과 절제된 감성은 언어의 음악으로 변주된다. 사랑은 욕망보다는 정신적 교감에 가깝게 다루어지고, 죽음은 늘 삶의 가까운 자리에 놓인다. 과거와 현재, 삶과 죽음의 경계는 자연스럽게 겹쳐지며 시간의 흐름은 느슨해진다. 피오르의 어둠과 바람, 비와 외딴집의 풍경은 인물들의 침묵을 대신 말해주는 듯하다.

그는 이렇게 말한 바 있다. "나는 피오르의 작은 집에 앉아 있다. 그리고 여전히 아무것도 모른다." 이 문장처럼 욘 포세의 문학은 모름의 상태, 침묵의 자리에서 의미를 더듬는다. 쉼표로 이어진 문장은 끝나지 않는 호흡처럼 지속되고, 독자는 그 리듬 속에서 삶의 미세한 떨림을 듣게 된다. 그의 소설은 언어의 경계에서 음악에 가까워지며, 침묵으로 완성되는 서사에 다가가는 듯하다.

PART 4

역사·사회·철학 : 세계를 읽는 법

세계를 읽는다는 것은 인간의 자리를 묻는 일이다.
철학과 예술, 사회의 언어로 세계를 새롭게 본다.

1

문명의 축이 이동하는 길목에서

9·11테러 이후 세계 경제의 흐름은 서서히 달라지기 시작했다. 아랍권은 더 이상 미국만을 중심에 두지 않고, 정치적 입지가 좁아질수록 중국과의 무역으로 방향을 돌리고 있다. 벤 심펜도르퍼는 이러한 변화의 구체적 현장으로 중국의 도시 이우義烏를 제시한다. 이곳은 아랍 상인들이 소형 소비재를 거래하는 세계 최대 규모의 개인 무역 거점으로 성장해 왔다. 중국 정부는 아랍 상인의 유입을 촉진하기 위해 비자 절차를 간소화하고, 종교·교육·음식 문화 전반에 걸친 생활 환경을 정비하며 관계를 넓혀 왔다.

중국이 아랍권과 가까워지려는 이유는 비교적 분명하다. 빠른 경제 성장으로 석유 수요가 크게 늘었기 때문이다. 그러나 석유는 단순한 에너지원에 그치지 않는다. 정치와 안보, 금융이 함께 얽힌 전략 자산으로 작동한다. 아랍권 역시 유가 상승으로 축적한 자본을 바탕으로 금융 산업으로의 전환을 모색하고 있다.

저자는 이 같은 움직임이 서구 중심의 기존 질서에 균열을 낼 가능성을 짚는다. 당장은 서구와의 관계가 유지되더라도, 선택의 폭이 좁아진 아랍권이 보다 유연한 파트너로 중국을 택할 가능성이 분명하다.

중국의 접근은 경제에만 국한되지 않는다. 대중매체를 활용한 문화 외교 역시 중요한 수단으로 활용된다. 알자지라 방송을 통해 중국의 이미지를 아랍 가정의 일상 속에 자연스럽게 노출시키는 방식은, 단순한 홍보를 넘어 신뢰와 친숙함을 쌓는 전략으로 보인다. 언어 역시 핵심 요소로 떠오른다. 영어에 더해 중국어와 아랍어가 주요 국제 언어로 자리 잡는 상황에서, 다언어 인재의 확보는 곧 협상력과 영향력의 기반이 된다. 중국의 아랍어 교육 지원과 서구권의 아랍어 교육 강화는 이러한 변화를 뒷받침한다.

중국의 대외 정책은 계산되어 있으면서도 유연하다. 정치적 책임을 직접 거론하지 않고 경제 협력에 초점을 맞추는 태도는 현실적인 전략으로 읽힌다. 다만 저자는 오늘의 세계 질서가 경제 논리만으로는 설명되지 않는다고 지적한다. 정치·외교·

안보·문화·종교가 복합적으로 얽혀 있는 상황에서, 경제를 매개로 한 관계 역시 언제든 정치적 변수에 노출될 수 있다. 중국이 북한과 한국 사이에서 어느 한쪽의 반감을 사지 않으려는 태도는 이러한 현실을 보여주는 사례로 제시된다.

오늘날 우리의 일상은 '메이드 인 차이나'라는 표식으로 가득하다. 의류와 가방, 가전과 생활용품에 이르기까지 중국산 제품은 이미 생활 깊숙이 들어와 있다. 저렴한 노동력과 방대한 인적 자원을 바탕으로 성장한 중국의 제조업은 세계 경제의 구조 자체를 바꾸는 단계에 이르렀다. 미국이 현재의 국제적 위상을 얼마나 유지할 수 있을지에 대한 의문이 제기되는 이유도 이 지점에서 이해된다. 중국의 부상은 더 이상 가설이 아니라 점차 굳어지는 흐름으로 읽힌다.

『실크로드의 부활』이라는 제목이 말해주듯, 이 책은 새로운 생존 전략을 조망한다. 중국과 아랍이 손을 맞잡을 경우, 그 영향은 단순한 무역 확대를 넘어선다. 노동력과 기술을 지닌 중국, 석유와 자본을 보유한 아랍의 결합은 과거의 비단길을 넘어 에너지와 자본, 기술과 영향력이 오가는 21세기형 실크로드를 형성해 간다. 저자는 풍부한 현장 조사와 분석을 통해 이 변화의 흐름을 구체적으로 보여준다.

급변하는 세계 질서 속에서 국가와 개인은 어떤 선택을 준비해야 하는가. 이 책은 그 질문을 피하지 않도록 요구한다. 동쪽과 서쪽을 잇는 새로운 길은 이미 형성되고 있으며, 그 흐름을 읽는 일은 더 이상 선택이 아니라 과제로 제시된다.

2

인간의 갈등과 평화, 전쟁의 근원과 성찰

세계 평화는 여전히 멀게 느껴진다. 김영미 PD는 전쟁과 분쟁의 현장을 직접 취재하며, 그 이유와 구조를 아들에게 이야기하듯 차분한 어조로 풀어낸다. 정치적 야망과 자원 경쟁, 종교 갈등, 군수 산업, 식량 문제 등 전쟁의 원인은 복합적이지만, 그 귀결은 늘 같다. 자국의 이익을 위해 타인의 삶을 파괴하는 선택으로 수렴된다는 점이다.

지중해의 휴양지로 알려진 레바논은 정치적·종교적 대립 속에서 긴 내전을 겪어왔다. 유엔 평화유지군이 주둔하고 있지만 그 역할에는 분명한 한계가 있다. 이스라엘과의 전쟁으로 사망한 레바논인은 1,183명이며, 그중 3분의 1이 13세 미만의 어린이다. 부상자는 4,054명에 이르고, 전체 인구의 25%에 해당하는 97만 명이 난민이 되었다. 이 수치는 전쟁이 인간의 존엄을 얼마나 손쉽게 무너뜨리는지를 보여주는 구체적 증거다.

아프가니스탄과 파키스탄은 전쟁이 세대를 거쳐 빈곤으로 이어지는 지역으로 반복해서 언급된다. 국제안보지원군과 탈레반의 충돌, 미국의 공습과 원조가 동시에 작동하는 구조는 전쟁의 모순을 드러낸다. 전쟁은 국가의 명분 아래 진행되지만, 피해는 대부분 민간인과 아이들에게 돌아간다. 시아파와 수니파의 대립은 1,500년 넘게 지속되어 왔고, 이란과 이라크의 갈등, 동티모르의 식민지 유산, 체첸의 석유 전쟁 역시 유사한 양상을 반복해 왔다. 가족을 잃은 아이가 복수를 다짐하고, 그 복수가 또 다른 폭력을 낳는 구조는 전쟁이 어떻게 다음 세대로 이어지는지를 보여준다.

카슈미르와 쿠르드족의 사례는 지정학적 위치와 정체성이 어떻게 전쟁의 조건이 되는지를 드러낸다. 카슈미르는 인도와 파키스탄의 대립 속에서 오랜 고통을 겪고 있다. 쿠르드족은 국가 없이 떠돌며 외세의 이해관계 속에서 희생되어 왔다. 국가는 없지만 전쟁은 멈추지 않는다. 이라크 전쟁과 미국의 군수·석유 산업 개입, 사담 후세인의 몰락, 팔레스타인과 이스라엘의 갈등은 국제 정치에서 이익과 윤리가 충돌하는 지점을 선명하게 전달한다.

백린탄과 집속탄 같은 현대 무기는 민간인에게 회복하기 어려운 상처를 남긴다. 그럼에도 무기 생산국들은 국제 규제보다 이윤을 우선해 왔다. 소말리아 해적 문제, 콜롬비아의 마약 전쟁, 미얀마의 군사 독재 역시 폭력이 제도화된 사회의 단면을 보여준다. 기술과 문명은 발전했지만, 인간의 윤리는 그 속도를 따라가지 못한다. 전쟁은 종전 선언으로 끝나지 않는다. 폐허가 된 마을과 사라진 문화유산, 깊게 각인된 트라우마는 오랫동안 공동체를 잠식한다. 아이들의 손에 책 대신 총이 쥐어지는 현실은 인간 사회가 어디까지 잔혹해질 수 있는지를 드러낸다.

김영미 PD는 묻는다. 왜 전쟁이어야 하는가. 강대국의 이해 관계와 외교적 타협, 군사적 선택이 민간인과 어린이를 희생시키는 현실을 우리는 어떻게 판단해야 하는가. 이 책은 인간과 인간, 인간과 자연이 어떻게 공존해야 하는지를 다시 생각하게 한다. 평화는 구호가 아니라 실천의 문제로 제시된다. 어린이가 안전하게 자라고 인간의 존엄이 지켜지는 사회는 특정 국가의 과제가 아니라 인류가 함께 짊어져야 할 책임으로 남는다. 『세계는 왜 싸우는가』는 전쟁의 기록에 머물지 않는다. 참상을 목격한 이후 우리가 어떤 책임 앞에 서 있는지를 끝까지 묻는 책이다.

관계를 통해 배우는 공부

신영복의 『담론』은 감옥에서 시작된 공부 이야기다. 20년에 걸친 수감 생활은 그에게 단절의 시간이 아니라 인간을 다시 배우는 시간이었다. 그는 감옥을 인간의 모습이 가장 적나라하게 드러나는 공간으로 바라본다. 자유를 빼앗긴 자리에서 오히려 자유의 의미를 묻고, 사람을 이해하는 법을 배운다.

이 책에서 말하는 공부는 시험을 위한 지식이 아니다. 신영복은 공부가 머리에서 멈추지 않고 삶으로 이어져야 한다고 말한다. 책에서 얻은 생각이 말과 행동으로 옮겨질 때 비로소 공부가 완성된다는 인식이다. 『시경』, 『논어』, 『노자』, 『맹자』 같은 고전은 과거의 문장이 아니라 오늘의 삶을 판단하는 기준으로 다시 다루어진다.

그는 특히 시의 역할을 중요하게 짚는다. 시는 아름다운 말의 나열이 아니라 인간이 세상을 이해하는 방식이 담긴 언어로 제시된다. 『시경』에 담긴 사람들의 마음, 굴원의 시에 드러난 상상력, 자연과 인간의 관계를 말하는 고전의 문장들은 시가 삶과 분리되지 않았다는 사실을 보여준다. 시는 세상을 바라보는 감각을 기르는 도구로 기능한다.

『논어』에 나오는 "君子和而不同(군자화이부동)"은 다름을 인정하는 태도로 해석된다. 모두가 같아지려 하지 않고 각자의 차이를 지키며 함께 살아가는 자세다. "己所不欲 勿施於人(기소불욕 물시어인)"은 자신이 싫은 일을 남에게 하지 말라는 원칙으로, 인간관계의 기본으로 제시된다. 이러한 고전의 문장들은 일상에 가까운 조언처럼 다가온다.

묵자와 한비자의 말 역시 현재의 언어로 다시 풀어진다. 타인을 통해 자신을 돌아보라는 가르침, 말보다 삶이 중요하다는 문장은 감옥이라는 현실 속에서 더욱 설득력을 얻는다. 신영복이 고전을 인용하는 이유는 해설에 있지 않다. 지금을 사는 사람에게 스스로 묻게 하기 위함이다.

책의 중반부에는 편지들이 등장한다. 그는 편지를 통해 인간의 삶이 말과 태도에 그대로 남는다고 말한다. 사람을 이해한다는 것은 그의 말만 듣는 일이 아니라, 그가 지나온 시간을 함께 바라보는 일이라는 뜻이다. 용서와 관용에 대한 논의도 이 지점에서 자연스럽게 이어진다.

신영복 사상의 중심에는 '관계'가 놓여 있다. 인간은 혼자 존재할 수 없으며, 관계 속에서 자신을 확인하게 된다는 인식이다. 그는 관계를 지속시키는 가장 중요한 태도로 겸손을 든다. 상대를 이기려 하지 않고 자신을 낮출 때 관계는 오래 이어진다고 본다.

『담론』에서 공부는 결국 사람을 향한다. 더 많이 아는 사람이 되는 것이 아니라, 더 잘 관계 맺는 사람이 되는 것이 목표로 제시된다. 신영복의 언어가 차분하면서도 설득력을 갖는 이유는 그것이 이론이 아니라 살아낸 시간에서 비롯되었기 때문이다. 사상을 설명하는 책이라기보다 삶의 방향을 점검하게 하는 책이다. 어떻게 공부할 것인지, 어떻게 사람을 대할 것인지, 어떤 태도로 살아갈 것인지를 조용히 묻는다. 복잡한 세상 속에서도 관계를 잃지 않고 살아가기 위한 하나의 기준을 제시한다는 점이다.

4

『촘스키, 은밀한 그러나 잔혹한』
노엄 촘스키

제국이 가리운 진실,
언어와 권력의 경계에서 인간을 말하다

노엄 촘스키는 언어학자로 출발했지만, 그의 관심은 언어를 넘어 인간의 자유로 확장된다. 그는 인간이 말을 배우는 방식에 주목했다. 아이가 언어를 습득하는 과정은 단순한 반복 훈련이 아니라 타고난 사고 능력에 기반을 둔다는 것이다.

그가 제시한 '변형생성문법'은 언어를 외워서 배우는 것이 아니라 스스로 문장을 만들어내는 능력으로 설명한다. 말은 단순한 전달 수단이 아니다. 인간은 언어를 통해 세상을 이해하고, 질서를 만들며, 생각의 방향을 정한다. 이 지점에서 촘스키의 언어학은 철학과 사회 비판으로 이어진다.

『촘스키, 은밀한 그러나 잔혹한』은 학자가 사회 앞에서 어떤 책임을 져야 하는지를 묻는 대담집이다. 저널리스트 안드레

블첵과의 대화를 통해 촘스키는 강대국이 만들어온 세계 질서를 분석한다. 그는 제국주의가 어떻게 불평등을 낳았는지를 구체적인 사례로 설명한다.

특히 촘스키는 언어의 역할을 강조한다. 권력은 총과 군대만으로 유지되지 않는다. 말을 통해 현실을 설명하고, 불리한 사실을 가리며, 폭력을 정당화한다. 그에게 언어는 중립적인 도구가 아니다. 사회를 움직이는 힘이다. 그는 조지 오웰의 말을 인용한다. "수백만의 희생이 불가피한 일로 치부되고, 대부분의 사람은 그 사실조차 모른다." 촘스키는 조지 오웰이 말한 '비인간'이 지금도 존재한다고 말한다. 이름 없이 사라지는 사람들, 기록되지 않는 희생자들이다. 언어는 이들을 보이지 않게 만드는 데 사용되어왔다는 것이다.

'상식'이라는 말로 유통되는 많은 문장들은 오랜 선전의 결과다. 반복된 말은 사실처럼 굳어진다. 그렇게 언어는 생각을 제한하고, 질문을 막는다. 촘스키는 이 과정을 집요하게 해부한다. 그는 학문과 정치 비판을 분리하지 않는다. 말의 자유는 생각의 자유와 연결되어 있기 때문이다. 언어가 통제되면 사고도 함께 위축된다. 그는 전쟁과 폭력이 '정의'라는 말로 포장되는 현실을 경계한다. 말이 현실을 가리기 시작할 때, 인간의 판단도 흐려진다고 본다. 이 문제의식은 언론 비판으로 이어진다.

겉보기에는 자유로운 언론이라 해도, 권력의 이해관계 안에서 작동하면 진실은 부분적으로만 전달된다. 약자의 목소리는 쉽게 지워진다. 촘스키가 말하는 자유언론은 단순히 말할 수 있는 권리가 아니다. 드러나지 않은 목소리를 드러낼 수 있는 구조를 의미한다.

그는 전쟁과 제국, 언론과 침묵의 문제를 언어라는 관점에서 바라본다. 이 책은 이념의 옳고 그름을 따지기보다 우리가 어떤 말 속에서 살아가고 있는지를 묻는다. 언어를 이해하는 일은 곧 세계를 다시 바라보는 일이다.

촘스키는 질문한다. 우리는 어떤 말로 세계를 설명하고 있는가. 그 말은 권력을 반복하는가, 아니면 인간의 존엄을 지키는가. 이 질문은 정치적 주장이라기보다 우리의 선택기준을 되묻는 방식이다. 그의 사유는 이론에 머물지 않고 실천으로 이어진다. 『촘스키, 은밀한 그러나 잔혹한』은 세계의 권력 구조를 드러내는 동시에, 우리가 매일 사용하는 말의 책임을 묻는 책이다.

5

『1913년 세기의 여름』
플로리안 일리스

파괴와 창조의 경계에서 형성된 모더니즘의 한 장면

1913년은 예술이 기존의 형식을 벗어나 새로운 언어를 모색하던 해다. 스트라빈스키의 「봄의 제전」 초연은 그 변화를 상징하는 사건이다. 익숙한 조화와 질서는 거부되었고, 혼란과 파열 속에서 전혀 다른 감각이 등장했다. 사실주의와 자연주의가 물러나고, 상징주의와 입체파, 추상미술이 전면에 나선 시기였다. 플로리안 일리스의 『1913년 세기의 여름』은 이 격변의 순간을 단 한 해의 시간 안에 압축해 보여준다.

이 책은 연대기적 서술을 따르지 않는다. 하루하루의 기록처럼 사건과 인물의 장면이 짧게 이어진다. 미국 뉴올리언스에서 열두 살 루이 암스트롱이 총성을 울리며 새해를 맞는 장면으로 이야기는 시작된다. 곧바로 카프카가 『변신』을 쓰기 시작하는 순간으로 전환된다. 루브르에서는 '모나리자'가 도난당하고,

피카소는 경찰의 조사를 받는다. 이러한 배열은 역사가 단선적인 흐름이 아니라 동시적으로 발생한 사건들의 교차로 이루어진다는 것을 드러낸다.

릴케, 프로이트, 융, 루 살로메, 프루스트는 각자의 영역에서 새로운 사유의 지층을 형성한다. 루 살로메는 프로이트의 곁에서 정신분석의 논의를 확장하고, 릴케는 후원 속에서도 불안과 긴장을 놓지 않는다. 카프카는 편지를 통해 자신의 균열을 기록하고, 프루스트는 『잃어버린 시간을 찾아서』를 통해 문학의 형식을 바꾼다. 이들의 삶과 작업은 서로 다른 방향을 향하지만, 모두 같은 시대적 불안을 공유한다.

미술과 음악의 장면 또한 빠르게 교차된다. 뒤샹의 작업은 예술의 정의를 흔들고, 코코슈카는 개인적 감정을 극단적으로 표출한다. 피카소와 마티스의 관계, 스트라빈스키와 샤넬의 교류, 찰리 채플린이 영화 계약서에 서명하는 순간까지, 예술과 삶은 분리되지 않은 상태로 제시된다. 작품은 개인의 삶에서 비롯되고, 삶은 다시 예술의 형식을 바꾼다.

등장인물의 수가 많고 전개가 빠르다는 점은 독자에게 부담을 주기도 한다. 그러나 이러한 산만함은 오히려 1913년의 분위기를 그대로 반영한다. 기존 질서가 무너지고, 새로운 기준이 아직 정착되지 않은 상태였다. 이 책의 구성은 그 불안정한 시간을 충실히 재현한다. 픽션과 논픽션, 기록과 상상이 뒤섞이며 독자는 한 시대의 한복판에 놓인다.

『1913년 세기의 여름』은 예술가의 삶과 작품이 어떻게 맞물려 움직이는지를 보여주는 기록이다. 예술은 추상적 개념이 아니라 구체적인 삶에서 비롯된 결과라는 점을 분명히 한다. 작품은 시대와 개인의 감정이 만나는 지점에서 형성된다.

한 세기가 지난 지금도 그 여름의 흔들림은 현재와 이어진다. 인간은 여전히 불안과 기대 사이에서 새로운 의미를 찾는다. 이 책은 한 해의 기록을 넘어 예술이 시대를 기록하는 방식에 대해 묻는다. 그 질문은 오늘의 독자에게도 유효한 형태로 남는다.

6

『그림 속 경제학』
문소영

예술은 어떻게 시대의 경제를 기록하는가

『그림 속 경제학』은 예술과 경제가 분리된 영역이 아님을 분명히 한다. 뛰어난 재능만으로 창작이 지속되기는 어렵다. 예술은 언제나 사회적 조건과 물질적 기반 위에서 형성된다. 르네상스 피렌체에서 메디치 가문의 후원 아래 예술이 번성한 사례는 이 관계를 단적으로 보여준다. 부와 권력, 후원과 안목이 결합될 때 예술은 한 시대의 감각을 응축한 형식으로 나타난다.

저자는 고대 상거래의 흔적에서부터 제2차 세계대전 이후 추상표현주의에 이르기까지, 이미지와 경제가 함께 움직여온 흐름을 따라간다. 이 책은 단순한 미술사에 머물지 않는다. 정치·경제·문화가 교차하는 문명의 궤적을 시각 자료를 통해 읽어낸다. 루이 14세 시대의 중상주의, 애덤 스미스의 시장 논리, 케인스와 하이에크의 대립, 대처와 레이건 시기의 신자유주의까지, 경제사상은 시대의 표정으로 전달한다.

성경의 '성전 청결 사건'을 다룬 해석은 경제적 관점의 유효성을 분명히 한다. 예수의 분노는 단순한 상행위에 대한 거부가 아니라, 독점과 착취 구조에 대한 저항으로 읽힌다. 히에로니무스 보쉬의 「죽음과 구두쇠」, 퀜틴 마시스의 「환전상과 그의 아내」는 탐욕과 위선을 날카롭게 형상화한다. 이 장면에서 회화는 장식이 아니라 사회 현실을 고발하는 증언으로 기능한다.

경제적 사건은 반복적으로 예술의 주제가 된다. 17세기 네덜란드의 튤립 투기, 산업혁명기의 변화, 노동의 조건은 화폭 위에 남는다. 터너의 「비, 증기, 속도」는 기술 발전의 속도와 불안을 함께 포착하고, 밀레와 고흐의 작품은 생존의 문제를 정면으로 다룬다. 쿠르베의 「돌 깨는 사람들」과 도미에의 「객차」 연작은 계급 격차를 은폐하지 않는다. 이러한 이미지들은 오늘날의 사회적 장면과도 자연스럽게 겹쳐진다.

저자가 특히 주목하는 대상은 광고다. 광고는 상품을 소개하는 데 그치지 않고, 소비를 통해 정체성을 규정하는 방식을 학습시킨다. 디에고 리베라의 「월스트리트 연회」와 대공황기의 기록 사진들은 소비 사회의 허구와 불평등을 분명히 드러낸다. 시각 이미지는 욕망이 조직되고 정당화되는 과정을 압축적으로 보여준다.

『그림 속 경제학』은 하나의 질문으로 수렴된다. 예술은 무엇을 남기는가. 이 책은 회화가 아름다움만을 다루지 않는다고 말한다. 작품은 인간의 욕망과 불안, 사회 구조의 균열을 함께 담아낸다. 색과 선은 경제 현실을 기록하는 언어이며, 경제는 인간 삶의 조건을 드러내는 또 다른 형식이다.

이 책은 미술 교양서에 머물지 않는다. 예술과 경제의 접점에서 인간의 삶을 해석하도록 이끈다. 이미지를 통해 시대를 읽고, 시대를 통해 인간을 이해하게 만든다는 점에서 의미가 있다.

7

고전과 인간 보편성,
그리고 우리 문학의 미래

서울국제도서전의 수많은 신간 가운데 『명작의 풍경』은 비교적 또렷하게 시선을 끌었다. 서문을 펼치자 고전이 과거에 머무른 유산이 아니라 지금의 삶과 연결되어 있음을 분명히 인식하게 된다. 이은정과 한수영 두 저자는 20세기를 대표하는 세계 고전 14편을 인물 중심으로 살피며, 각 작품이 품고 있는 인간의 보편적 감정을 차분히 짚어낸다. 단순한 작품 요약에 그치지 않고, 작가의 삶과 작품이 형성된 배경을 함께 다루며 고전을 현재형의 읽을거리로 끌어온다.

이 책이 주목하는 지점은 문학이 인간을 어떻게 드러내는가에 있다. 나보코프의 『롤리타』는 욕망과 집착이 어떻게 파국으로 향하는지를 보여주고, 미시마 유키오의 『금각사』는 아름다움과 파괴가 맞물리는 지점을 드러낸다. 셰익스피어의 『오셀로』는 질투라는 감정이 이성을 어떻게 잠식하는지를 선명하게 보여 준다. 시대와 문화는 다르지만, 이 작품들은 인간 내면의 어두운 면과 그 이면의 갈망을 함께 비춘다. 고전이 오래 읽히는 이유는 이러한 감정의 구조가 지금도 크게 달라지지 않았기 때문이다.

저자들은 문학을 개인의 이야기이자 동시에 시대의 기록으로 읽는다. 솔제니친의 『이반 데니소비치, 수용소의 하루』는 극한의 상황에서도 무너지지 않는 인간의 태도를 담아내고, 도리스 레싱의 『19호실로 가다』는 사회적 역할 속에서 억눌린 자아가 어떻게 균열을 일으키는지를 보여준다. 이 작품들에서 개인의 감정과 사회적 조건은 분리되지 않는다. 문학은 한 시대의 구조를 반영하면서, 그 안에서 살아가는 인간의 선택과 흔들림을 함께 환기한다.

열네 편의 작품을 한 권에 담다 보니 세부적인 해석이 모두 제시되지는 않는다. 그러나 이 압축은 오히려 독자의 읽기를 자극하는 방식으로 작용한다. 『명작의 풍경』은 해석을 완결하기보다, 독자가 직접 원작으로 나아가도록 이끈다. 생트뵈브가 말한 "그 나무에 그 열매"라는 관점처럼, 작가의 세계는 인물의 말과 행동에 스며 있고, 독자는 그 흐름을 따라가며 작품의 결을 스스로 확인하게 된다.

이 책이 지닌 또 하나의 의미는 세계 고전을 통해 우리 문학의 방향을 돌아보게 한다는 점이다. 고전 속 인물들이 던지는 질문은 인간은 무엇을 선택하며 살아가는가, 무엇이 정의로 남는가이고 오늘의 한국문학에도 그대로 이어진다. 한강의 『채식주의자』가 보여주듯, 한국문학은 고유한 정서를 유지하면서도 보편적 공감을 획득해 왔다. 『명작의 풍경』은 이러한 흐름 속에서 우리 문학이 지향해야 할 깊이와 확장을 가늠하게 한다.

고전을 읽는 일은 과거를 반복하는 행위가 아니다. 그것은 인간과 세계를 다시 바라보는 하나의 방법이다. 이 책은 독자에게 고전을 통해 현재를 읽는 시선을 제공하며, 문학이 왜 여전히 유효한지 조용히 설득한다.

8

『리딩으로 리드하라』
이지성

인문고전과 독서를 통한 내적 성장

소크라테스는 독서를 통해 자신을 단련하는 태도를 강조했다. 타인의 사유와 경험이 담긴 책을 읽는 일은 사고의 폭을 넓히는 가장 효율적인 방식이기 때문이다. 『리딩으로 리드하라』의 저자 이지성은 이러한 전통 위에서 인문 고전 독서의 중요성을 다시 환기한다. 그는 독서를 개인의 내적 기반이자 사회적 교양의 토대로 제시하며, 특히 고전을 중심으로 한 읽기가 사고력을 키운다고 말한다. 초등학교 교사 시절 학생들과 실천했던 질문식 독서 수업은, 주입식 교육 속에서 사고가 충분히 자라지 못하는 현실을 드러내는 사례로 제시된다.

이 책은 인문학적 독서가 개인의 삶과 사회 인식에 어떤 변화를 가져오는지를 보여주는 기록이다. 정치, 경제, 과학, 문학, 예술 등 여러 분야의 인물들이 어떤 책을 읽으며 사고의 틀을 확장했는지를 구체적으로 소개한다. 저자는 백제의 왕인 박사가

『천자문』과 『논어』를 일본에 전했다는 일화를 통해, 고전의 단절이 곧 문화의 약화로 이어질 수 있음을 짚는다. 역사 속 리더들은 문학에서 인간 이해를 배우고, 철학서에서 사고의 힘을 기르며, 역사서를 통해 현실을 판단하는 기준을 다져왔다. 고전 독서는 지식 축적을 넘어 삶의 방향을 세우는 데 기여해 왔다.

중반부에서는 기업가와 국가 지도자들의 독서 사례가 이어진다. 이병철, 정주영, 이건희는 동양고전을 경영 철학의 근간으로 삼았고, 세종과 정조 역시 국정 운영의 참고서로 고전을 읽었다. 다만 저자가 제시하는 고전 중심 독서법이 오늘의 현실과 얼마나 맞닿아 있는지는 점검이 필요하다. 입시와 경쟁에 놓인 학생들이 실제로 고전을 읽을 수 있는 환경은 충분한가, 번역서를 통한 독서가 원전의 맥락을 어디까지 전달할 수 있는가와 같은 질문은 여전히 남는다. 이러한 지점은 고전 독서가 가진 한계를 함께 생각하게 한다.

그럼에도 이 책이 전하는 핵심 메시지는 분명하다. 누구나 책을 통해 사고를 키우고 자신을 돌아볼 수 있다는 믿음이다. 이 지성의 글은 독서 기술보다 읽는 태도를 강조한다. 고전 앞에서 질문을 멈추지 말고, 책의 문장을 자신의 삶에 비추어 보라고 권한다. 이러한 접근은 독자로 하여금 독서 습관을 점검하게 하고, 정보의 축적을 넘어 판단력으로 나아가게 한다.

『리딩으로 리드하라』는 단순한 독서법 안내서라기보다 삶의 교양을 다루는 책에 가깝다. 독서를 통해 자신을 단련하고 세상을 이해하는 눈을 기르도록 이끈다. 저자는 고전 읽기가 과거의 생각을 반복하는 일이 아니라 현재의 문제를 바라보는 기준을 세우는 과정임을 강조한다.

오늘날 독서는 지식을 쌓는 행위에 그치지 않는다. 책을 읽는 과정에서 생각의 틀이 형성되고, 그 축적이 삶의 선택으로 이어진다. 『리딩으로 리드하라』는 이러한 오래된 사실을 차분히 상기시킨다. 고전 독서는 결국 자신을 이해하고 다듬는 과정이며, 책 속의 문장은 삶을 조명하는 하나의 기준으로 남는다.

9

『덕혜옹주』
권비영

사라진 나라의 그림자,
마지막 황녀의 운명

이 소설은 한 개인의 불행을 넘어, 나라를 잃은 시대가 남긴 상처를 정면으로 다룬다. 조선의 마지막 황녀 덕혜옹주는 아버지 고종의 죽음 이후 불안과 고립 속에서 삶을 이어간다. 강제 유학과 원치 않은 결혼, 지속적인 차별은 우연한 불행이 아니라 개인을 지우려는 구조적 폭력으로 그려진다. 작가는 역사적 사실을 바탕으로 허구를 덧붙여, 한 사람의 삶을 통해 한 시대의 고통을 부각한다.

작품은 덕혜옹주의 삶을 따라가며 기억과 망각의 문제를 제기한다. 일제강점기의 폭력은 영토 상실에만 그치지 않았다. 언어와 교육을 통제하고, 사회적 지위를 무너뜨리며 개인의 삶 깊숙이 침투했다. 덕혜옹주가 겪은 모욕과 절망은 그 시대가 개인에게 가한 폭력의 집약된 모습이다. 딸을 잃은 뒤 이어지는 정신적 붕괴 역시 개인의 불운으로 축소되지 않는다. 소설은 이 고통을 가볍게 소비하지 않고, 독자가 오래 바라보게 만든다.

인물 묘사 또한 절제되어 있다. 덕혜옹주는 끝까지 품위를 지키려 하지만, 동시에 인간으로서 무너지는 순간을 겪는다. 작가는 그 균열을 숨기지 않고 드러내며, 비극을 감정 과잉으로 몰아가지 않는다. 이를 통해 개인의 삶과 망국의 현실이 어떻게 겹쳐지는지 차분하게 제시된다. 독자는 한 인물을 따라가다 자연스럽게 한 시대의 어두운 단면과 마주하게 된다.

이 작품은 기억의 책임을 묻는 소설이다. 과거를 잊을 때 폭력은 반복되기 쉽다. 오늘의 국제 질서와 문화적 갈등 속에서 주권이 단순한 영토 문제가 아니라는 점도 분명해진다. 언어와 관습, 교육과 기억을 지켜내는 일이 곧 주권의 문제임을 소설은 설득력 있게 보여준다. 덕혜옹주의 삶은 독자에게 질문을 던진다. 무엇을 기억해야 하며, 그 기억을 어떻게 이어갈 것인가라는 물음이다.

문체와 서사 구성 역시 안정적이다. 사실과 허구가 자연스럽게 엮이며 호흡을 만든다. 과거의 재현에 머무르지 않고, 현재를 향한 질문으로 이어진다. 읽는 동안 남는 무게감은 개인적 연민으로 끝나지 않는다. 그것은 공동체적 인식으로 확장되며,

독자로 하여금 역사 앞에서의 태도를 돌아보게 한다.

『덕혜옹주』가 전하는 메시지는 분명하다. 개인의 기억을 지키는 일은 공동체의 미래와 연결된다. 기억은 감상의 대상이 아니라 책임의 영역이다. 덕혜옹주의 삶은 지나간 비극이 아니라 오늘 우리가 어떤 선택과 태도를 취해야 하는지를 묻는 현재형의 이야기로 남는다.

지식 편집자여,
자유롭게 사고하고 즐겁게 놀이하라

『편집의 발명』은 편집을 기술이 아니라 사고의 방식으로 다룬다. 이 책은 지식 편집자들이 현장에서 마주하는 문제를 정리하고, 편집이 무엇을 다루는 일인지 차분하게 설명한다. 편집은 단순히 원고를 다듬는 작업이 아니라, 생각을 배열하고 의미를 전달하는 과정이라는 점이 반복해서 강조된다. 이론서에 가깝게 보이지만, 문장은 건조하지 않고 실제 작업의 감각을 살려 전개된다.

책은 편집을 '생각을 다루는 일'로 정의한다. 저자에 따르면 편집자는 정답을 정리하는 사람이 아니라, 서로 다른 요소를 연결해 새로운 관점을 만드는 사람이다. 이때 중요한 능력으로 제시되는 것이 은유다. 은유는 낯선 것을 익숙하게 설명하고, 익숙한 것을 새롭게 보게 만드는 도구다. 편집자는 이 은유적 사고를 통해 콘텐츠의 방향과 구조를 만들어간다.

 1장은 지식 편집자의 역할을 소개한다. 편집은 규칙을 따르는 일이 아니라, 생각의 경계를 넘나드는 작업으로 설명된다. 편집자는 자료를 정리하는 데서 멈추지 않고, 무엇을 중심에 두고 무엇을 덜어낼지 판단해야 한다. 이 판단이 책의 성격을 결정한다는 점에서 편집은 선택의 연속이다.

 2장은 내용 설계를 다룬다. 저자는 다섯 가지 도구를 제시한다. '모듈'은 책을 구성하는 단위를 미리 나누어 전체 구조를 설계하는 방식이다. '플로우'는 독자가 자연스럽게 읽을 수 있도록 흐름을 만드는 일이다. '스타일'은 작가와 편집자가 함께 만들어가는 문체와 목소리다. '스토리'는 정보를 이야기로 엮는 방식이며, 사실을 기억하게 만드는 장치로 제시된다. 마지막으로 '장르'는 독자의 기대를 고려하면서도 새로운 시도를 가능하게 하는 틀로 설명된다.

 3장은 시장 설계로 넘어간다. '포지셔닝'은 이 책이 왜 필요한지를 분명히 하는 작업이다. '트렌드'는 시대의 흐름을 읽는 감각을 뜻한다. '사이클'은 단기 성과에 흔들리지 않고 지속성을 유지하는 태도다. '콘셉트'는 기획 전반을 관통하는 질문이며, '브랜드'는 책이 독자에게 남기는 인상으로 정리된다. 이 장에서 편집은 제작 과정에만 국한되지 않고 독자와 만나는 지점까지 확장된다.

4장은 마음가짐에 초점을 맞춘다. '놀이'는 편집을 경직된 작업이 아니라 유연한 실험으로 대하는 태도다. '마스터'는 경험을 통해 자신만의 기준을 쌓아가는 과정을 뜻한다. 저자는 좋은 편집자가 되기 위해 필요한 것은 완벽한 이론보다 반복된 경험이라고 강조한다.

책 전반에서 드러나는 핵심은 편집이 현장에서 단련되는 감각의 일이라는 점이다. 시행착오는 피해야 할 실패가 아니라, 판단력을 기르는 과정으로 다뤄진다. 디자인, 문장, 구성 어느 하나도 편집자의 책임에서 자유롭지 않으며, 작은 선택들이 책의 완성도를 좌우한다는 인식이 일관되게 유지된다.

『편집의 발명』은 편집자를 위한 실무서이면서 동시에 사고 훈련서다. 책을 만드는 과정을 통해 생각을 정리하는 법, 질문을 유지하는 법을 보여준다. 편집은 지식을 정확히 전달하는 동시에, 읽는 사람의 사고를 열어주는 작업이라는 점이 분명히 드러난다. 이 책은 편집을 직업으로 삼은 이들뿐 아니라, 글과 콘텐츠를 다루는 사람 모두에게 유효한 기준을 제시한다.

11

『문예이론』
발터 벤야민

예술·역사·언어·정치를
가로지르는 비평의 지도

"예술이란 그것의 모든 본질적 부분에서 그 시대 사회의 이상화된 분장이다. 지배적 정치와 사회적 상황은 스스로를 이상화하도록 강요하며, 이러한 방식으로 존재를 도덕적으로 정당화하려 한다."

『문예이론』은 발터 벤야민의 예술 비평을 통해 예술과 사회, 언어와 정치가 어떻게 맞물려 작동하는지를 보여주는 책이다. 이 책은 예술을 미적 대상에 머물게 하지 않고, 시대의 조건 속에서 읽어내는 분석의 틀을 제시한다. 독자는 예술 작품을 통해 한 시대의 사고방식과 권력 구조를 함께 살피게 된다.

초반부는 벤야민의 성장 과정과 사유의 형성을 따라간다. 일기와 서신을 중심으로 그의 감수성과 문제의식을 정리하며, 예술이 개인적 취향을 넘어 사회적 인식과 연결되는 과정을 보여준다. 특히 브레히트와의 교류는 중요한 전환점으로 다뤄진다. 브레히트의 서사극과 '소외효과'는 예술이 현실을 그대로 재현하는 데서 그치지 않고, 거리를 통해 비판적 인식을 가능하게 한다는 점을 분명히 한다. 예술은 몰입을 유도하기보다 생각하게 만드는 장치로 기능한다.

카프카에 대한 해석도 인상적이다. 벤야민은 카프카의 작품을 상징과 알레고리의 언어로 읽으며, 인간의 몸짓과 태도 속에 시대의 불안을 포착한다. 이 분석은 예술이 말로 설명되지 않는 현실을 어떻게 드러내는지를 보여준다. 예술은 언어 이전의 감각과 구조를 통해 사회의 상태를 전달한다.

프루스트를 다룬 장에서는 기억의 문제가 중심에 놓인다. 기억은 단순한 회상이 아니라 시간이 다시 배열되는 과정으로 설명된다. 문학은 지나간 시간을 불러오는 장치이며, 그 안에서 삶의 공허함과 아름다움이 함께 드러난다. 이 지점에서 예술은 개인의 경험을 넘어 보편적인 시간 인식으로 확장된다.

보들레르에 대한 논의에서는 근대 도시의 풍경이 전면에 등장한다. 군중 속의 고독, 반복되는 자극, 감각의 피로는 시적 이미지로 포착된다. 벤야민은 이를 통해 예술이 시대의 징후를 어떻게 감지하고 기록하는지를 설명한다. 예술은 현실을 장식하지 않고 그 균열을 드러내는 역할을 맡는다.

중반 이후 논의는 기술과 예술의 관계로 옮겨간다. 사진과 영화, 인쇄술은 예술의 고유성을 약화시키는 동시에, 예술을 더 많은 사람에게 열어 보인다. 벤야민은 이 변화 속에서 예술의 성격이 달라진다고 본다. 예술은 더 이상 신성한 영역에 머물지 않고, 사회적 실천과 연결되는 장으로 이동한다. 여기서 제시되는 개념이 '예술의 정치화'다. 예술은 중립적일 수 없으며, 언제나 시대의 조건과 맞닿아 있다는 인식이 분명히 드러난다.

언어와 번역을 다룬 장에서는 벤야민의 사고가 또렷하게 드러난다. 그는 언어를 단순한 전달 수단이 아니라 세계를 구성하는 방식으로 이해한다. 번역은 원문을 그대로 옮기는 작업보다는 다른 언어 안에서 새로운 의미를 만들어내는 과정으로 설명된다. 문학은 이 과정 속에서 언어의 한계를 시험하고 사고의 범위를 넓힌다.

『문예이론』은 예술 비평서이면서 동시에 시대 읽기의 방법을 제시하는 책이다. 예술을 통해 사회를 이해하고, 언어를 통해 권력의 작동 방식을 살핀다. 벤야민의 글은 해답을 제시하기보다 사고의 방향을 열어 둔다. 예술을 삶과 분리하지 않고 읽고자 하는 독자에게, 오래 참고할 수 있는 비평의 기준을 제공한다.

12

『데카메론』
조반니 보카치오

신과 인간 사이에서 길어 올린 삶의 이야기

조반니 보카치오의 『데카메론』은 사실과 상상이 정교하게 엮인 작품이다. 14세기 이탈리아, 인문주의가 싹트던 시기를 배경으로 성직자와 여성, 다양한 계층의 인물들이 등장한다. 이 이야기들은 피렌체를 중심으로 한 당시 사회의 분위기를 비교적 생생하게 전한다. 보카치오는 신의 존재를 부정하지 않으면서도 인간의 삶과 감정에 시선을 둔다. 소설과 산문이 결합된 노벨라 형식을 통해, 그는 현실 속 인간 군상을 구체적으로 그려 낸다.

『데카메론』은 종교적 억압과 봉건 질서의 균열, 성직 사회의 타락 속에서 드러나는 인간의 욕망과 모순을 유머러스하게 그려 낸다. 열흘 동안 일곱 명의 여성과 세 명의 남성이 나누는 백 편의 이야기는 구조적으로 액자소설의 형식을 취한다. 이 이야기들은 죽음과 생명, 신앙과 욕망, 도덕과 위선의 경계를 오가며 전개된다. 작품 속 인물들은 어리석고 계산적이지만, 그 안에는 웃음과 연민, 인간적인 온기가 함께 남아 있다.

보카치오는 단테 알리기에리에 대한 깊은 존경을 지닌 인물이었다. 그는 단테의 생애를 정리하고, 『신곡』을 해설하는 강의를 맡기도 했다. 『신곡』이라는 제목을 붙인 인물이 보카치오였다는 사실은 두 사람의 정신적 연결을 보여준다. 단테가 신의 정의와 사랑을 근거로 교회의 권력을 비판했다면, 보카치오는 인간의 욕망과 허약함을 통해 신의 질서를 되돌아본다. 『신곡』이 신의 세계를 향한 서사라면, 『데카메론』은 인간의 세계를 향한 이야기로 읽힌다. 두 작품은 서로 다른 방향에서 르네상스 인문주의의 토대를 이룬다.

보카치오는 서문에서, 사랑에 상처 입은 여성들에게 위로를 전하고자 했다고 밝힌다. 이는 단순한 연애담의 차원을 넘어선다. 흑사병이 유럽 전역을 휩쓸던 시기, 인간이 어떻게 절망 속에서도 삶을 이어갔는지를 기록한 이야기이기 때문이다. 사랑은 이 작품에서 감정의 문제가 아니라, 죽음 앞에서도 삶을 포기하지 않게 하는 힘으로 그려진다.

보카치오의 세계에서 인간은 불완전한 존재로 등장한다. 그는 인간의 결함을 도덕적으로 단죄하기보다 그 모습 자체를 있는 그대로 바라본다. 인간은 유혹에 흔들리고 실수를 반복하지만, 그럼에도 신의 형상을 지닌 존재로 그려진다. "모든 것을 완전하게 행할 수 있는 분은 하나님뿐이다"라는 역자의 문장은 인간의 한계를 인정하면서도 신의 은총을 함께 환기한다. 보카치오의 인문주의는 신을 배제하지 않고, 신의 질서 안에서 인간의 자유와 지혜를 모색한다.

작품 속 이야기들은 속임과 기지가 뒤섞인 인간 사회를 유쾌하게 비춘다. 위선적인 성직자는 풍자의 대상이 되고, 평범한 사람들의 재치는 인간의 생명력을 드러낸다. 보카치오는 도덕을 직접 설교하지 않는다. 대신 인간이 얼마나 모순적인 존재인지 보여주며, 그 안에서도 웃음과 용서가 가능함을 드러낸다.

『데카메론』에 담긴 문장들은 시대를 넘어 읽힌다. 과거의 경험을 통해 현재를 이해하고, 그 위에서 미래를 준비해야 한다는 인식은 작품 전반을 관통한다. 이 점에서 『데카메론』은 중세의 이야기집에 머물지 않는다. 인간의 삶을 관찰하고, 그 안에서 반복되는 선택과 태도를 기록한 책으로 읽힌다.

이 책은 비극과 희극이 공존하는 인간의 이야기다. 욕망과 위선, 슬픔과 기쁨, 어리석음과 지혜가 뒤섞인 이 작품은 시대를 넘어 인간이 어떤 존재인지 묻는다. 그리고 그 질문은 설명보다 장면과 이야기로 제시된다.

　보카치오의 세계에서 신은 멀리 떨어진 절대자가 아니다. 신의 은총은 인간의 허물과 웃음 속에 함께 나타난다. 『데카메론』은 그 은총의 흔적을 삶의 이야기로 기록한다. 중세의 풍속을 담은 소설이자, 인간의 연약함을 끝까지 응시한 인문주의적 기록이다.

13

『詩를 품고 江을 넘다』
탈북시인 장진성

두만강을 건너 시로 기록한 한 탈북 시인의 삶

"자유는 공기처럼, 잃어버리고 나서야 그 가치를 안다."

사람은 왜 부모와 형제, 아내와 자식을 남겨둔 채 고향을 떠나야 하는가. 반복되는 탈북 소식은 이 질문을 되돌려 놓는다. 『詩를 품고 江을 넘다』는 북한 사회의 현실 한가운데서 인간이 어떤 선택을 하게 되는지를 기록한 책이다. 이 작품은 개인의 체험을 통해 존엄과 자유가 어떤 대가 위에 놓여 있는지를 나타낸다.

저자는 북한 통일전선부 간부로 일하며 직업상 한국의 방송과 잡지를 접한다. 그는 "가장 가난한 나라에 가장 부유한 왕이 산다"는 사실을 깨달은 뒤 탈출을 결심한다. 그 선택은 개인적 모험이 아니라, 양심에 따른 결정으로 제시된다. 죽음을 각오하고 국경을 넘는 과정은 과장 없이도 극한의 상황임을 드러낸다. 하루면 건널 수 있는 강을 한 달 넘게 오가며 버텨야 했던 시간은 인간이 어디까지 몰릴 수 있는지를 전한다.

중국 땅에 발을 디뎠다고 위험이 끝나는 것은 아니다. 공안의 단속과 강제 송환의 공포는 일상처럼 따라붙는다. 종교의 자유조차 허락되지 않은 환경에서 탈북자들은 숨어 지내며 생존을 도모한다. 도움의 손길도 있지만, 돈과 거래로 이어지는 경우가 적지 않다. 인간 이하의 대우에 절망해 스스로 삶을 포기하는 사례도 등장한다. 북한 정권은 탈북자에게 낙인을 찍고, 가족과의 모든 연결을 차단한다. 이 세계에서 자유는 선택이 아니라, 생명을 걸어야 얻을 수 있는 결과로 이어진다.

저자는 모든 경로와 사건을 상세히 밝히지 않는다. 다만 글 속에는 떠돌며 버텨야 했던 시간과, 초린이라는 여성의 헌신이 남아 있다. 그녀의 도움은 극적인 구원이기보다, 극한 상황에서도 인간적 연대가 가능하다는 사실을 보여준다. 독자는 그가 언젠가 이 빚을 갚을 수 있기를 바라는 마음을 남긴 채 책장을 넘기게 된다.

장진성은 시집 『내 딸을 백원에 팝니다』로도 잘 알려진 시인이다. 그는 시 원고를 품에 안고 두만강을 건넜다. 그 시집은 탈출의 짐이자, 인간의 존엄을 끝내 포기하지 않겠다는 증거로 남는다. 이 책에서 시는 문학적 장식이 아니라 스스로를 지탱하게 한 마지막 언어로 기능한다.

『詩를 품고 江을 넘다』는 개인의 탈출기를 넘어, 한 사회의 구조를 비춘다. 지도자가 신이 되고, 개인의 삶이 철저히 통제되는 체제에서 시를 품은 탈출은 인간이 인간으로 남기 위한 이동인 것이다. 이념과 체제를 넘어, 이 책은 자유가 무엇인지 다시 묻게 한다.

대한민국의 자유와 민주주의는 자연스럽게 주어진 조건이 아니다. 누군가의 희생과 침묵, 그리고 목숨을 건 선택 위에 놓여 있다. 이 책은 그 사실을 격앙되지 않은 문장으로 확인시킨다. 그가 건넌 것은 강 하나가 아니다. 타인의 언어에서 자신의 언어로, 공포에서 선택으로, 침묵에서 말할 수 있는 위치로 이동한 기록이다.

시를 품는다는 것은 폭력 속에서도 자신의 말을 잃지 않는다는 뜻이다. 세계는 인간을 규정하려 하지만, 인간은 끝내 자신의 언어로 자신을 부른다. 이 책은 존엄이 주어지는 조건이 아니라 끝까지 지켜내야 할 태도임을 암시한다.

시대의 그림자 속에서 지워진 여성의 언어

허난설헌은 조선 중기의 시인이다. 조선은 유교를 통치 이념으로 삼은 사회였다. 『소학』에 실린 왕촉의 말, "충신은 두 임금을 섬기지 않고, 열녀는 두 남편을 섬기지 않는다"는 문장만 보아도 당시의 남녀관을 짐작할 수 있다. 개인보다 질서가 앞서던 시대였다.

난설헌은 그런 시대에 명문가에서 태어났다. 여자에게 글을 가르치지 않던 환경이었지만, 도교를 공부한 아버지 허엽 아래에서 비교적 자유롭게 성장했다. 오빠 허봉과 허균 사이에서 글을 배웠고, 삼당시인 가운데 한 사람인 손곡 이달에게서 시를 익혔다. 재능을 억누르기보다 받아들인 집안 분위기 속에서 그는 유년기를 보냈다. 여성이 이름조차 기록되지 않던 시절에 허초희라는 이름과 경번이라는 자를 남겼고, 난을 좋아해 스스로 지었다고 전해지는 당호 '난설헌'으로 자신의 흔적을 남겼다.

소설은 난설헌의 혼례 준비 장면에서 시작된다. 빗속에서 치러지는 함 받는 날과 혼례는 순탄치 않은 결혼생활을 예고하는 장치로 쓰인다. 중요한 일을 앞두고 징조에 의미를 부여하는 태도는 예나 지금이나 크게 다르지 않다. 작가는 난설헌의 삶을 이미 알고 있다는 전제 아래, 불행한 결혼을 상징하는 이미지로 비를 선택한다. 축복보다는 예감을 불러오는 풍경이다.

난설헌은 여덟 살에 광한전에 세워질 백옥루의 상량문을 지었다고 전해진다. 원문은 남아 있지 않지만, 어린 나이에 지은 글이라고 보기 어려울 만큼 완성도가 높다. 난설헌의 시 절반가량은 선계에 대한 동경과 속세를 벗어나고 싶은 마음을 담고 있다. 도가적인 분위기와 중국 문학의 영향이 겹쳐 보인다. 고죽 최경창과 이달의 문하생이던 최순치는 난설헌의 사랑방에 머물며 그를 연모한다. 담장 너머로 꽃을 엮어 마음을 전하지만, 그 감정은 끝내 닿지 못한 채 남는다.

난설헌이 김성립과 혼인하던 무렵, 조선에는 친영제가 도입된다. 여성이 시댁으로 들어가 사는 제도가 굳어지던 시기였다. 혼례 직후부터 그는 외출이 제한된 규방 생활을 시작한다. 시집살이와 가부장적 질서가 일상이 된다. 남편 김성립은 과거에 거듭 낙방하고, 아내의 재능 앞에서 열등감을 드러낸다. 기생집을 드나들고 첩을 들이는 일도 이어진다. 난설헌은 글을 쓰며 외로움을 달래지만, 그조차 시어머니의 꾸중을 피하지 못한다.

여성은 출산과 가문의 유지를 위한 존재로 여겨지던 시대였다. 여성의 잘못은 엄하게 다스리면서도 남성에게는 관대했던 관습 속에서 난설헌이 겪었을 고통은 쉽게 짐작된다. 외가에 머무는 동안 최순치를 잠시 만났다는 이유로 아이들마저 빼앗긴다. 시어머니 손에서 자라던 아이들은 병을 얻고, 위태로워진 뒤에야 다시 돌아온다. 결국 두 아이 모두 세상을 떠난다. 그 뒤로 난설헌은 삶에 대한 의욕을 잃어간다. 아버지 허엽의 객사와 오빠 허봉의 유배 또한 그의 삶을 지탱하던 기반을 무너뜨린다. 죽음을 예감한 시를 남긴 뒤, 음식을 끊고 스물일곱의 나이로 생을 마친다. 혼인한 지 열두 해였다.

『난설헌』은 제1회 혼불문학상 수상작이다. 1인칭 시점으로 서술되며, 세밀한 묘사와 절제된 문체가 눈에 띈다. 역사적 사실을 바탕으로 한 소설이지만, 읽는 동안 시간의 간격은 크게 느껴지지 않는다. 유교 사회에서 여성이라는 이유로 온전히 받아들여지지 못한 난설헌의 작품들, 임종 전에 모두 불태워 달라고 했다는 전언은 그 현실을 보여준다. 삼종지도와 여필종부, 남존여비와 칠거지악 같은 관습은 글 속에서 반복적으로 모습을 드러낸다. 난설헌의 시가 당대에 빛을 보지 못한 이유도 그 연장선에 놓인다.

“여자로 태어난 것, 조선에서 태어난 것, 남편의 아내가 된 것.” 이 문장으로 요약되는 난설헌의 인식은 당시의 관습이 개인에게 어떤 무게였는지를 전한다. 그것은 선택의 문제가 아니었다. ‘남녀칠세부동석’이라는 말을 불과 몇 세대 전까지도 일상처럼 들으며 자랐다. 그로부터 오백여 년이 흐른 뒤, 한국 사회는 여성 대통령을 맞았다. 시대의 변화는 분명하다. 책을 자유롭게 읽고 글을 쓸 수 있는 지금의 자리에서, 난설헌이 끝내 이루지 못한 삶과 짧은 생은 오래 남는다. 그의 삶이 시대의 흐름을 말없이 증언하고 있어서이다.

PART 5

영성과 치유, 실천의 독서

신앙은 믿음의 완성이고,
독서는 삶을 다시 걷게 하는 기도다.
마음의 평화와 실천의 지혜를 향한 여정.

1

감각을 깨우는 실천적 독서법

박웅현의 『책은 도끼다』는 "책은 우리 안에 얼어붙은 바다를 깨뜨리는 도끼가 되어야 한다"는 카프카의 문장에서 출발한 책이다. 독서를 대하는 태도를 다루며, 중심 메시지는 비교적 분명하게 제시된다. 독서는 정보를 축적하는 수단이 아니라 감각을 깨우고 삶의 방향을 흔드는 경험이라는 인식이다.

많이 읽는 일이 곧바로 좋은 독서로 이어지지는 않는다. 저자는 한 문장을 오래 붙들고 머무는 '곱씹는 독서'를 강조한다. 속도보다 깊이를, 양보다 문장의 결을 중시하는 태도다. 줄거리를 따라 빠르게 넘어가기보다 마음에 걸리는 문장 하나를 오래 품는 일이 더 중요하게 다뤄진다. 이 맥락에서 그는 필사를 권한다. 손끝을 통해 문장이 머리와 가슴으로 옮겨 가는 경험, "좋은 문장은 베껴 쓰라"는 말은 독서를 몸의 차원으로 확장하라는 제안으로 볼 수 있다.

『책은 도끼다』는 독자에게 질문을 던진다. 우리는 왜 책을 읽는가. 지식을 늘리는 목적이라면 검색과 요약으로도 충분하다. 그러나 박웅현은 여기에 삶의 감각을 함께 묻는다. 독서는 시선을 예민하게 만들고, 일상의 사소한 장면을 새롭게 바라보게 한다. 익숙한 풍경을 낯설게 인식하게 하는 힘이 독서에 있음을 그는 거듭 환기한다.

책에는 여러 문학 작품이 인용되지만, 목적은 작품 해설에 머물지 않는다. 각각의 문장은 독자의 감각을 자극하는 도구로 기능한다. 박경리의 『토지』에서는 인물의 고난을 따라가며 인간 삶의 깊이를 더듬게 하고, 다윈의 『종의 기원』에서는 관찰이 지닌 힘을 떠올리게 한다. 김훈의 문장에서는 언어의 결이 사고에 남기는 여운이 드러난다. 작품은 질문의 매개가 되고, 그 질문은 자기 점검으로 이어진다.

박웅현은 말한다. "읽는다는 것은, 결국 '생각하는 법'을 배우는 일이다." 여기서 말하는 사유는 추상적인 개념이라기보다 일상의 낱말과 눈앞의 풍경에서 비롯되는 것으로 설명된다. 독서는 그 풍경을 다른 각도에서 바라보게 하고, 무심히 지나친 장면을 붙잡아 둔다. 저자가 말하는 인문학은 거창한 철학 체계가 아닌 하루를 이해하는 감각에 가깝다.

특히 인상적으로 남는 대목은 "독자는 결국 자신을 읽는다" 는 자각이다. 이것은 나의 오랜 인식 '책은 나를 읽는다'와 같 다. 책을 읽는 동안 타인의 문장을 빌려 자신의 생각을 더듬고, 삶의 태도를 점검하게 된다. 이러한 과정을 통해 독서는 삶의 방향을 가늠하는 기준점으로 작동한다. 『책은 도끼다』는 독서 법을 말하지만, 그 이면에서는 삶을 대하는 태도를 다룬다. 책 을 읽되, 책이 나를 건드리도록 허락하라는 요청에 가깝다. 한 문장으로 삶의 리듬이 흔들린 경험이 있는 독자라면, 이 책은 그 흔들림을 더 깊은 자리로 이끈다.

그래서 다시 다짐하게 된다. "책은 얼어붙은 감각을 깨는 도 끼다. 우리는 매일 책 한 자루로 자신을 조금씩 새로 써 내려간 다." 이 책은 독서를 실천의 자리로 끌어내리는 힘을 지닌다. 책 장을 덮고 나면, 다시 책을 펼쳐야 할 이유가 또렷해진다. 더 예 민하게 느끼고, 더 깊이 살아가기 위해서라는 이유다.

박웅현은 죽음이 두렵다는 독자에게 "지금을 살라"고 말한다. 그는 한 독서 강의에서, 행복했던 어느 해변의 아침이 "그저 살 아 있다는 사실만으로도 충분했다"고 말한 바 있다. 인간은 자신 의 끝을 알 수 없고, 미래는 언제나 불확실하다. 그렇기에 현재 를 성실하게 살아내고, 감각을 열어 두는 일이 중요해진다. 책을 읽는 동안 독자는 자신이 다시 깨어나고 있음을 감지하게 된다. 그 깨어남 자체가 이 책이 건네는 가장 분명한 응답일 것이다.

2

지식의 끝에서 신앙으로 건너간 한 지식인의 기록

지성인이 신앙에 이르는 길은 흔히 장애물로 여겨진다. 사도 바울의 삶은 그 인식이 단순한 선입견임을 되돌아보게 한다. 그는 율법과 철학에 정통했던 인물이었고 그러한 열심은 초기에 그리스도인을 박해하는 방향으로 나타났다. 그러나 다메섹 도상에서의 회심 이후, 그는 지식을 폐기하지 않았다. 오히려 그는 자신이 가진 지식과 논리를 새롭게 재구성하여 "예수는 왜 그리스도인가"를 설명했다. 그의 신앙은 지식의 방향을 바꾸는 선택에서 새로운 차원을 열게 된다.

이어령은 이 지점에서 자신의 삶을 비춰본다. 그는 오랫동안 철학과 비평의 언어로 세계를 해석해 온 지식인이었다. 이성으로 종교를 분석했고, 신앙을 거리 두고 바라보던 사람이었다. 그러나 그는 말한다. 지성은 스스로를 넘어설 수 없으며, 다른 차원의 부름이 필요하다고. 그의 전환은 사유의 성과가 아니라 삶의 사건에서 비롯되었다.

그 사건의 중심에는 딸이 있다. 병상에서도 찬송을 멈추지 않았던 딸의 태도는 설명이 아니라 삶으로 신앙을 보여준다. 그는 그 모습을 통해 신앙이 논증의 대상이 아니라 살아내는 태도임을 보게 된다. 설득보다 사랑이 먼저 도달했고, 이해보다 신뢰가 앞섰다. 이 경험은 그가 신앙의 문턱을 넘는 계기로 작용한다.

그의 변화는 철학적 입장의 수정에 머물지 않는다. 지식으로 채울 수 없던 공백이 다른 방식으로 채워진다. 설명되지 않던 불안은 가라앉고, 삶을 대하는 태도가 달라진다. 그는 이를 깨달음이나 결론으로 포장하지 않는다. 다만 이전과 다른 상태에 들어섰음을 담담히 기록한다. 이 책에 실린 신앙적 언어들은 주장보다 고백에 닿아 있다.

『지성에서 영성으로』는 간증집이라기보다 한 지식인의 삶의 기록에 가깝다. 이전의 저작들이 세계를 읽는 눈을 보여주었다면, 이 책은 그 눈이 어디를 향하게 되었는지를 보여준다. 사고의 능력은 줄어들지 않고, 해석의 기준만 달라진다. 그는 더 이상 개념으로 신을 다루지 않고, 삶의 방향으로 신앙을 말한다.

이 책이 시사하는 바는 분명하다. 지성은 신앙의 반대편에 있지 않다. 다만 스스로를 완성할 수 없을 뿐이다. 이어령의 선택은 지성을 버리는 일이 아니라, 지성이 닿을 수 없는 지점을 인정하는 데서 시작된다. 『지성에서 영성으로』는 그 인정을 기록한 책이다. 지식의 끝에서 한 사람이 어떤 방향으로 돌아섰는지를 차분히 보여준다.

3

『지성과 영성의 만남』
이어령, 이재철

현대 사회를 꿰뚫는 지성과 영성의 대화

『지성과 영성의 만남』은 지성과 신앙, 사유와 실천이 교차하는 대담집이다. 이 시대의 사상가 이어령과 목회자 이재철이 나눈 공개 대화를 엮은 이 책은, 삶과 가족, 교육, 사회, 정치, 문화, 종교 등 여덟 개의 주제를 중심으로 인간과 세계를 입체적으로 조명한다. 두 사람은 정답을 제시하기보다 질문을 통해 사고의 지평을 넓혀간다.

책은 먼저 현대인의 고독과 단절 문제를 깊이 탐구한다. 정보와 이미지가 넘쳐나는 사회에서 인간관계는 점점 얕아지고, 디지털 매체 속 가상적 소통이 실질적 관계를 대체한다. 이어령은 "소통의 기술이 늘수록 마음의 거리는 멀어진다"고 말하며, 이 시대의 병리적 현상을 진단한다. 대담자들은 가족의 해체와 부부간의 단절, 타인의 고통에 무감각해지는 사회를 지적하며, 관계의 회복이야말로 가장 근원적인 치유임을 강조한다.

교육에 대한 논의도 인상적이다. 기러기 가족, 경쟁 중심의 학습, 부모의 부재 속에서 자라는 아이들의 정서를 이야기하며, "배움의 목적은 남보다 앞서는 것이 아니라 사람이 되는 일"이라고 말한다. 이어령은 배움과 나눔의 선순환을 통해 진정한 교육의 의미를 되새기고, 이재철은 신앙 안에서의 사랑과 공감이 교육의 바탕이 되어야 함을 설파한다.

정치·사회 문제로 시선을 확장하면, 책은 한층 현실적인 무게를 더한다. 국가와 시민, 기업이 공존할 수 있는 구조, 감정이 아닌 이성적 판단의 중요성, 장기적 비전을 향한 정책의 책임성을 함께 논한다. 이어령은 "현실 속 행동 없는 신념은 공허하다"고 단언하며, 사유가 실천으로 이어져야 함을 강조한다.

이 책의 핵심은 지성과 영성의 통합적 시각에 있다. 인간의 삶을 단순히 논리로만 해석하지 않고, 신앙의 깊이 속에서 다시 비추어 본다. 직장과 물질, 인간관계, 사회적 책임, 종교적 해석에 이르기까지 다층적 문제를 균형 있게 다루며, 독자에게 사고의 방향을 제시한다. "영성은 인간의 지적 오만을 넘어서는 힘"이라는 이어령의 말은, 이 대화가 단순한 철학 담론이 아니라 인간의 근원적 성찰로 나아가는 여정임을 보여준다.

책은 독자에게 사고의 틀을 깨고 자신만의 시선으로 세상을 다시 바라보게 한다. 두 사상가의 대화는 이념이나 교리를 초월해 인간 존재의 의미를 탐색하며, 삶의 균형을 회복하는 실마리를 건넨다.

4

『하나님의 타이밍』
오스 힐먼

"주의 종이 듣겠나이다." — 사무엘

하나님의 때를 기다린다는 일은 믿음의 과정 가운데서 가장 깊은 훈련으로 제시된다. 오스 힐먼은 인생의 가장 어두운 시기에도 하나님이 겪는 일을 헛되이 두지 않으신다는 점을 강조하며, 이 책을 '요셉 소명의 원칙'을 중심으로 전개한다. 고난은 피해야 할 장애물이 아니라 삶의 방향을 다듬는 시간으로 포착된다.

저자는 사업 실패와 이혼, 자녀와의 단절이라는 시간을 지나며 하나님이 정말 계신가를 스스로 묻던 순간을 회상한다. 그는 이 시기를 요셉이 감옥에 갇혀 있던 때에 빗대어 돌아본다. 시간이 흐르며 분명해진 점은 하나였다. 인간이 통제할 수 없는 사건들 속에서도 하나님은 자리를 비우지 않으신다는 사실이다. 그가 겪은 고통의 시간 역시 하나님의 계획 안에서 사용되고 있음을 깨닫게 된다.

각 장의 끝에 배치된 '깊은 영성을 위한 질문들'은 독자가 자신의 신앙의 흐름을 점검하도록 돕는다. 하나님이 사람과 환경을 통해 어떻게 뜻을 드러내시는지를 살피는 과정에서, 믿음은 감정에 머무르지 않고 선택의 문제로 이어진다. 신앙이 삶의 태도로 드러나는 지점이 이 질문들 속에서 분명해진다.

저자는 하나님의 뜻을 분별할 때 혼자 판단하기보다 성령에 민감한 이들과의 대화를 권한다. 그들의 기도와 조언을 통해 방향이 확인될 때, 망설임보다 순종이 필요하다고 말한다. 준비된 길 앞에서 주저하지 않는 태도가 신앙의 성숙으로 이어진다는 점을 강조한다.

책은 "요셉의 소명"과 "유다의 시험"이라는 두 상징을 대비하며, 인내가 사람을 어떻게 빚어 가는지를 설명한다. 야고보서의 말씀처럼, 시련 속에서 다듬어진 인내가 한 사람의 삶을 단단하게 만든다는 점이 요셉의 이야기를 통해 드러난다. 그의 성숙은 단번에 주어진 것이 아니라 오랜 기다림 속에서 형성된 결과로 읽힌다. 타이밍을 기다리는 일이 하나님을 신뢰하는 가장 깊은 순종임을 일깨운다.

마지막 장에서 저자는 하나님이 신실하시며 인간을 방치하지 않으신다는 고백으로 책을 마무리한다. 책을 덮으며 고난을 이전과 다른 시선으로 바라보게 된다. 역경은 징벌이 아니라 부르심으로 이어지는 통로로 이해되고, 결국 모든 과정이 하나님께로 향한다는 메시지가 조용히 남는다.

5

『감동의 리더십』
헨리 블랙커비

성찰과 훈련을 통해 개발하는 인간의 리더십

헨리 블랙커비의 『감동의 리더십』은 영적 리더십을 여호수아의 삶을 통해 살펴본다. 마틴 루터, 어거스틴, 존 칼빈 등 교회사의 지도자들을 함께 언급하며, 하나님께 부름받은 이들의 리더십이 개인의 능력보다 준비의 과정에서 형성된다는 점을 짚는다. 리더십은 타고난 자질이 아니라 하나님이 이끄는 시간 속에서 다듬어지는 것으로 제시된다.

이스라엘 백성을 이끌고 가나안으로 향한 여호수아의 여정은 단순한 정복의 기록으로 읽히지 않는다. 그것은 순종을 통해 한 사람이 변화해 가는 과정을 보여준다. 노예의 후손으로 태어나 눈에 띄는 기대를 받지 못했던 그는, 하나님이 뜻을 이루기 위해 준비시키는 시간 속에서 묵묵히 기다리고 따랐다. 저자는 이 지점에서 여호수아 리더십의 핵심을 찾는다. "순종이 제사보다 낫다"는 말씀처럼, 하나님이 무엇을 중요하게 보시는지가 분명하게 드러난다.

여호수아는 모세를 통해 하나님의 능력을 배우고, 말씀을 따라 움직이며 지도자로 성장해 간다. 그는 성공과 실패의 순간 모두에서 하나님께 방향을 구했다. 아이성 전투에서의 패배 이후에도 원인을 묻고, 지시가 주어지자 지체 없이 행동에 옮긴다. 그의 판단은 충동이 아니라 신뢰에서 비롯된 선택으로 보인다. "그날의 일은 그날에 하라"는 말은 여호수아의 태도를 설명하는 비유로 기능한다.

책은 또한 거룩의 문제를 중요한 요소로 다룬다. 거룩하신 하나님을 섬기기 위해 먼저 자신을 살피는 태도가 필요하다는 점이 강조된다. 하나님은 부르신 사람을 도덕적 긴장감과 인내의 시간 속에서 단련하신다. "큰일을 하는 사람들은 자신의 일에 세심한 주의를 기울인다"는 인용은, 성실한 일상이 리더십의 토대가 됨을 보여준다.

고난은 한 사람을 무너뜨리는 요인이 아니라 삶의 방향을 가다듬는 계기로 제시된다. 위기의 순간에 어떻게 반응하는지가 이후의 길을 가른다는 점에서, 리더십은 특정한 지위의 문제가 아니라 삶의 태도와 연결된다. 저자는 리더십을 모든 신앙인이 배우고 익혀야 할 책임으로 바라본다.

　책을 읽는 동안 독자는 자신의 믿음의 상태와 신앙의 구조를 점검하게 된다. 지도자의 자리뿐 아니라 평신도의 자리에서도 하나님 앞에서의 책임 있는 선택이 요구된다는 점이 자연스럽게 드러난다.

　헨리 블랙커비는 『하나님을 경험하는 삶』을 통해 이미 잘 알려진 저자다. 그가 말하는 '감동'은 감정의 고조라기보다, 하나님의 뜻에 반응할 때 경험되는 내적 울림에 가깝다. 『감동의 리더십』은 그러한 울림이 어떻게 삶의 방향으로 이어지는지를 차분하게 보여주는 책이다.

6

『기독교는 오늘을 위한 것』
대천덕

공동체와 영성, 그리고 오늘의 신앙을 향한 성찰

1965년, 대천덕 신부는 아내와 몇몇 동역자들과 함께 전깃불조차 들어오지 않던 강원도 황지 하사미 땅에 '예수원' 공동체를 세웠다. 그는 2002년 타계할 때까지 그곳에서 기도와 노동을 병행하며 살았다. 그의 신앙적 배경에는 할아버지 R. A. 토리 1세로부터 이어진 성령론과, 경제 정의를 강조한 헨리 조지의 사상이 놓여 있다. 이러한 토대 위에서 그는 교파를 넘는 삶의 증언을 남겼고, 한국 교회와 신자들에게 깊은 인상을 남겼다.

대천덕은 기독교 문화 속에서 자랐다는 사실만으로는 참된 신자가 될 수 없다고 말한다. 모태신앙이든 후천적 신앙이든, 중요한 것은 개인의 선택에 놓여 있다고 본다. 예배와 말씀, 기도를 통해 주님과 실제로 마주할 때에만 신앙이 형성된다고 설명한다. 또한 하나님의 뜻을 행하려는 결단이 없이는 그분의 뜻을 분별하기 어렵다는 점을 강조한다.

그의 좌우명인 "노동은 곧 기도이다"는 단순한 표어가 아니라 삶의 방식으로 이어졌다. 그는 경제의 원리와 영성을 함께 다루며 사회 정의와 평화를 위한 기도와 실천을 강조했다. 하나님의 부르심 없이 지도자의 자리에 서는 것은 위험하다고 경고하며, 한국 교회가 성경적 기준 위에 서야 함을 거듭 일깨운다. 과학적 탐구 역시 성경의 진리와 대립하지 않는다고 보았고, 하나님께서 "들은 바요, 나타내신 바"라는 말씀을 근거로 객관적 검증과 체험을 신앙의 중요한 축으로 제시한다. 그에게 기독교는 이천 년 전의 사상이 아니라 오늘의 삶을 향한 메시지로 이해된다.

그는 진리를 묻는 일과 사회 정의를 실천하는 일을 그리스도인의 핵심적인 책무로 여겼다. 하나님은 변하지 않는 분이면서도 공의롭고, 동시에 가까우면서 초월적인 존재로 설명된다. 그러므로 하나님을 만나는 데 필요한 것은 복잡한 조건이 아니라, 간절히 찾고 뜻에 따르려는 태도라는 점이 반복해서 언급된다. 대천덕은 개인적 은둔보다는 교회 공동체 안에서의 예배와 교제를 통해 하나님의 임재를 경험해야 한다고 말한다. 하나님은 각 사람의 이해 수준과 신앙의 성숙도에 따라 자신을 알리시는 분으로 제시되기 때문이다.

그는 성경을 학문적 논쟁의 텍스트가 아니라, 오늘의 삶을 안내하는 살아 있는 말씀으로 받아들였다. 따라서 성경 기자의 경험을 현재의 삶에 비추어 다시 읽어볼 여지가 있다고 본다. 동시에 성령의 도우심 없이는 기독교가 요구하는 삶의 기준을 온전히 감당하기 어렵다는 점을 분명히 한다. 교회와 하나님 나라, 종말에 대한 논의에서도 그는 성경에 근거한 설명을 제시하며, 성령의 인도는 언제나 말씀과 어긋나지 않는다고 이해한다.

그가 말하는 신앙의 핵심은 "사랑을 통해 드러나는 믿음"이다. 사랑은 선한 행위와 윤리적 삶으로 이어지며, 자신이 하나님의 사랑을 받을 자격이 없다는 인식 속에서 은혜의 의미가 더욱 분명해진다. 이 메시지는 교회에서 익숙하게 들려오는 가르침과 닮아 있지만, 그의 삶이 그 내용을 뒷받침하고 있다는 점에서 설득력을 더한다.

그는 "기독교는 체험의 종교이며, 증언의 종교"라고 말한다. 살아 계신 하나님을 실제로 경험한 사람만이 복음을 전할 수 있으며, 증거 없는 권면은 공허해지기 쉽다고 본다. 신학대학과 성공회대학에서 수학한 그는 지식에 머무르기보다 진리를 삶으로 옮긴 인물로 그려진다. 혼합주의와 세속주의가 교회 안으로 깊숙이 스며든 오늘의 상황에서, 그의 복음 이해와 경제·영성의 통합적 시선은 여전히 유효하게 다가온다. 그의 저작은 교리를 설명하는 데서 멈추지 않고, 신앙의 시야를 넓히는 길잡이 역할을 한다.

결국 대천덕의 메시지는 분명한 방향을 가리킨다. 기독교는 과거에 머무는 유산이 아니라, 오늘을 살아가는 삶 속에서 새롭게 드러나야 한다는 점이다. 그리고 그 증거는 말이 아니라 일상의 삶을 통해 확인된다는 점을 시사한다.

믿음이 이끄는 긍정의 힘

조엘 오스틴의『최고의 삶』은 불안과 불신의 시대를 살아가는 이들에게 "지금이야말로 가장 위대한 삶을 준비할 때"라고 말한다. 그는 인간의 삶을 식물에 비유한다. 척박한 환경일수록 더 향기로운 꽃을 피워내듯, 사람 역시 역경 속에서 자라난다는 설명이다. 여기서 중요한 것은 고난 그 자체라기보다, 그것을 어떻게 바라보고 어떤 태도로 맞이하느냐에 놓여 있다.

오스틴은 "생각이 행동을 이끈다"는 점을 강조한다. 생각은 비행기의 방향타처럼 삶의 방향을 조정하며, 결국 행동과 결과에 영향을 미친다. 그래서 그는 마음의 방향을 긍정으로 기울일 필요가 있다고 말한다. 부정적인 사고는 현실을 어둡게 만들지만, 믿음에 기반한 생각은 절망의 국면을 희망의 출발점으로 바꾼다. 역경을 대하는 태도는 개인이 품은 생각의 성향에 따라 달라진다. 하나님을 신뢰하며 믿음의 시선을 유지할 때, 막혀 보이던 상황이 새로운 길로 전환되는 경우도 나타난다.

　그는 고난을 '위장된 선물'로 표현한다. 믿음으로 받아들이는 사람에게 하나님은 적절한 때에 회복의 기쁨을 허락하신다고 설명한다. 긍정적인 태도를 지닌 사람은 불평보다 감사를 선택하고, 기뻐하기 어려운 순간에도 찬양과 인내를 이어간다. 하나님은 감당할 수 없는 시험을 허락하지 않으시며, 필요한 순간마다 도움의 길을 마련하신다는 확신이 반복된다. 우리가 최악이라 여기는 상황조차 하나님의 계획 안에서는 다른 의미로 전환될 수 있음을 시사한다.

　하나님은 우주 만물의 주인이시며, 동시에 우리가 '아버지'라 부를 수 있는 분이다. 자녀의 고통을 외면하지 않는 하나님은 눈물과 기도를 기억하시는 존재로 제시된다. 다만 복을 담아낼 준비는 각자의 몫으로 남는다. 믿음의 그릇이 갖추어진 사람은 예비된 축복을 흘려보내지 않는다. 하나님을 기쁘시게 하는 삶, 신뢰와 순종으로 채워진 삶은 하나님이 새롭게 행하시는 일에 참여하도록 이끈다.

　『최고의 삶』이 전하는 메시지는 단순한 낙관주의에 머물지 않는다. 이는 성경에 근거한 믿음의 언어로 이해된다. 매일 아침 "오늘 하나님께서 선한 일을 이루실 것을 믿습니다"라고 고백

할 때, 하루를 바라보는 시선이 달라진다는 설명이다. 말은 생각을 굳히고, 생각은 삶의 방향을 형성한다. 모든 것이 합력하여 선을 이룬다는 믿음을 붙들 때 다시 일어설 힘이 생겨난다는 점이 강조된다.

조엘 오스틴은 최고의 삶을 고난이 배제된 상태로 설명하지 않는다. 오히려 고난을 지나며 하나님을 더 깊이 알아가는 삶으로 제시한다. 믿음으로 시선을 들어 하나님의 뜻을 바라볼 때 절망의 계절도 새로운 가능성의 시기로 전환된다. 삶의 방향을 긍정의 생각으로 조율하고 감사의 언어를 유지한다면, 결국 하나님의 계획 안에서 삶의 충만함을 경험하게 된다는 메시지가 남는다.

8

『오두막』
윌리엄 폴 영

상처의 오두막에서 마주한 하나님

호숫가 야영지에서 딸이 유괴되어 살해되는 비극이 발생한다. 피 묻고 찢어진 드레스만 남은 외딴 오두막 앞에서 주인공 맥은 절망과 슬픔의 끝에 서게 된다. 그러나 바로 그 자리에서 맥은 삼위일체 하나님과의 만남을 통해 마음의 깊은 골짜기를 지나가며, 마침내 딸을 죽인 살인자를 용서하는 지점에까지 이르게 된다. 『오두막』은 인간의 고통과 한계를 넘어서는 하나님의 사랑과 치유의 작용을 섬세하게 담아낸 작품으로 보인다.

맥은 하나님과 식탁을 함께하고 숲속을 거닐며, 자연의 질서와 조화 속에서 창조의 신비를 새롭게 마주한다. 이 여정은 고통의 이유와 용서의 의미, 신의 침묵이라는 질문에 답을 구해가는 과정으로 이어진다. 『오두막』은 단순한 신앙소설을 넘어, 인간 삶의 깊은 지점을 통과하며 신의 사랑과 인간의 한계가 어떻게 맞닿는지를 보여주는 서사로 전개된다.

이 소설은 각자가 마음속에 하나의 '오두막'을 지니고 살아간다는 전제에서 출발한다. 치유되지 않은 상처와 기억은 시간이 지나도 쉽게 사라지지 않는다. 사람들은 그 아픔 속에서 하나님이 곁에 계시지 않다고 오해하거나, 사건의 의미를 스스로 재단하며 하나님의 사랑을 의심하게 된다. 그러나 이 소설은 절망의 순간이 곧 하나님의 부재를 뜻하지는 않으며, 오히려 가장 가까이 다가오시는 시간일 수 있음을 암시한다.

작품 속 경험은 신앙의 내면을 다시 바라보게 만든다. 전능하신 하나님을 인간의 규칙과 제도로 한정하거나, 말씀을 통제의 도구로 오해해 온 태도가 자연스럽게 드러난다. 이는 자유로우며 사랑으로 일하시는 하나님을 인간의 사고로 재단해 온 한계로 이어진다. 백인의 얼굴로 고정된 예수의 이미지에 익숙해진 시선, 혹은 형상 자체를 넘어서는 하나님을 상상하지 못했던 제한된 인식 또한 함께 상기시킨다. "하나님의 생각과 인간의 생각은 다르다"는 성경의 구절은 이 지점에서 새롭게 의미를 획득하는 듯하다.

성경을 오래 읽어왔음에도 불구하고, 하나님을 이성의 틀 안에서 이해하려는 태도는 반복되어 왔다. 신을 가두고 "이럴 것이다"라고 단정하는 태도는 신앙이라기보다 자기 확신에 가까워 보인다. 삼위일체 하나님은 이해의 대상으로 정리되기보다 사랑의 신비 속에서 관계로 경험되어야 할 존재임을 말해준다. 설명보다 머묾, 해석보다 신뢰가 신앙의 중심에 놓여 있음을 시사한다.

맥의 경험을 통해 하나님은 멀리 떨어진 존재로 그려지지 않는다. 성령의 바람처럼 조용히 곁에 머무르며, 인간의 언어와 감정에 가까이 다가오는 분으로 묘사된다. 『오두막』은 하나님이 두려움의 대상이 아니라 세상에 충만한 사랑이며, 인간과 인격적 관계를 맺기를 원하신다는 메시지를 전한다. 예수의 성육신 또한 인간을 향한 하나님의 사랑을 드러내는 사건으로 조명된다.

이 작품은 상실과 용서, 고통과 회복의 과정을 따라가며 인간 내면의 깊은 층위를 통과한다. 기도와 예배의 순간에 경험하는 은총이 새롭게 다가오고, 삶의 한가운데서 '함께 계시는 하나님'의 의미가 보다 또렷해진다.

무너진 삶의 자리를 다시 일으키는 힘, 미워하던 이를 용서하게 하는 용기, 신의 침묵을 사랑으로 이해하게 되는 지점은 인간의 의지에서 비롯되지 않는 것으로 제시된다. 이는 사랑이라는 신비가 삶 안에 스며들 때 가능해지는 변화로 읽힌다.

고통의 한가운데서 시선이 열리는 순간, 한 가지 사실이 남는다. 그분은 언제나 그 자리에 계셨으며, 다만 인간이 그것을 인식하지 못했을 뿐이라는 인식에 이르게 된다. 『오두막』은 상처의 깊은 곳에서도 길을 잃지 않도록 비추는 이야기로 남으며, 단절된 신과의 관계를 다시 열어 보이는 하나의 통로로 기능한다.

9

삶을 흔드는 망치, 내면을 깨우는 목소리

『초역 니체의 말』은 철학과 종교 해설서로 알려진 일본 작가 시라토리 하루히코가 니체의 문장 가운데 232편을 선별해 엮은 책이다. 일본어와 문화에 정통한 저자의 번역은 문장을 비교적 부드럽게 풀어낸다. 다만 이 책에 실린 문장들은 언어의 재치에 머물기보다 삶의 경험을 통과한 뒤에야 비로소 체감되는 문장들로 다가온다. 문장은 간결하지만 실천의 자리에서는 쉽게 소화되지 않기에, 독자는 종종 읽던 흐름을 멈추고 생각에 잠기게 된다.

성경이나 몽테뉴, 쇼펜하우어의 사유와 맞닿는 지점을 발견하는 일 또한 자연스럽게 이어진다. 짧은 문장들은 열 개의 장으로 나뉘어 배치되어 있으며, 각각의 문장은 느슨해진 인식을 자극하고, 반복해서 읽을수록 다른 결을 드러낸다.

책은 독자에게 몇 가지 질문을 던진다. 지금까지 진정으로 마음을 기울여온 대상은 무엇이었는지, 삶을 한 단계 끌어올려 준 경험은 무엇이었는지, 무엇에 몰두하며 시간을 보내왔는지를 되묻는다.

이 질문들은 단순한 사고 실험이라기보다 살아가는 방식을 점검하도록 이끄는 장치에 가깝다. 니체에게 이상이란 공허한 관념이 아니라 삶의 밀도를 높이는 요청으로 제시된다. 기쁠 때는 기쁨을 숨기지 않고, 슬플 때는 슬픔을 억누르지 않는 태도는 감정을 통제하기보다 삶을 있는 그대로 받아들이라는 권유로 읽힌다. 소유보다 경험에 무게를 두고, 타인에게 작은 기쁨을 건네며 삶의 폭을 넓히라는 조언도 같은 맥락에 놓여 있다.

니체 사상의 핵심으로 자주 언급되는 개념은 '영원회귀(Ewige Wiederkunft)'이다. 이는 지금의 순간을 다시 반복해도 괜찮을 만큼 충실하게 살아가라는 요구로 정리된다. 단순한 현재 몰입이 아니라 매 순간을 가볍게 흘려보내지 말라는 삶의 태도에 가깝다. 하이데거의 해석을 참고하면, 이는 인간이 선택할 수 없이 던져진 삶의 조건을 외면하지 말고 끌어안으라는 요청으로도 읽힌다.

이 책은 삶을 다듬는 구체적인 태도들 역시 제시한다. 계획을 세우는 기쁨, 만남 속에서 생겨나는 긴장과 활력, 청결과 절제, 자연이 주는 안정감, 작은 만족을 소중히 여기는 자세 등이 반복적으로 언급된다. 이는 일상의 규범이라기보다 자신을 관리하고 조율하는 연습에 가깝다. 특히 "꿈이 없는 사람은 성장을 멈춘다"는 문장은 인간이 미래를 향해 열려 있는 존재임을 떠올리게 한다.

니체는 인간관계에서도 일정한 거리를 유지하는 예의를 중시한다. 그는 모든 사람 안에 존중할 만한 요소가 존재한다고 보았다. 깊은 관계는 많지 않아도 충분하며, 서로를 알아보는 한 사람의 벗이면 족하다는 태도는 고사 '백아와 종자기'를 떠올리게 한다. 분노와 비난에 휩쓸리지 않고 중심을 지키는 일은 하나의 수양으로 제시된다. 이는 마음 깊은 곳에서 흔들림을 가라앉히는 작업에 가깝다.

사랑에 대해 니체는 '아름다움을 알아보는 시선'을 강조한다. 플라톤의 『향연』을 떠올리면, 사랑은 결핍을 인식하는 데서 출발해 더 나은 방향으로 나아가려는 움직임으로 이해된다. 상대 안에서 발견한 아름다움을 지속적으로 바라보려는 태도, 차이를 인정하면서도 대화를 이어가는 관계가 중요하게 다뤄진다. 이는 함께 성숙해 가는 동반자의 모습을 떠올리게 한다.

니체는 언어와 사고의 관계에도 주의를 기울인다. 빈약한 언어가 사고의 폭을 제한한다는 그의 지적은, 언어가 단순한 전달 수단을 넘어 인식을 담는 틀이라는 점을 상기시킨다. 고전을 읽고, 사유의 속도를 늦추며, 사물과의 거리를 조정해야 한다는 주장도 이와 맞닿아 있다. 작은 자연물과의 마주침조차 깊은 생각으로 이어질 수 있다는 관점은 몽테뉴의 글쓰기 태도와도 닮아 있다.

니체를 상징하는 문장 가운데 하나는 "신은 죽었다"라는 선언이다. 그는 목사의 아들이었고, 기독교 문화 안에서 성장했다. 그러나 종교적 체험의 결핍 속에서 그는 전통적 신개념을 해체하고, 인간 스스로 삶의 의미를 구성해야 한다고 주장했다. 이 선언은 절대적 권위가 흔들린 시대에 대한 진단이자, 인간에게 자기 책임을 요구하는 도전으로 해석된다.

신학적 시선에서 보면 이 말은 단절이라기보다 질문에 가깝다. 아우구스티누스의 고백과 나란히 놓을 때, 니체의 외침은 '신의 침묵'을 경험한 한 인간의 언어처럼 들리기도 한다. 파울 틸리히의 '궁극적 관심' 개념을 떠올리면, 니체는 종교적 상징이 약화된 시대에 인간이 무엇을 붙들고 살아갈 수 있는지를 묻는 인물로 읽힌다. 그의 부정은 단순한 무신론이라기보다 의미의 근거를 끝까지 밀어붙이려는 시도로 해석될 여지도 있다.

니체의 사유와 기독교 신앙은 겉으로 보기에 충돌하지만, 동시에 서로를 반영하는 듯하다. 신의 이름이 사라진 시대에도 인간은 여전히 삶의 방향을 갈망한다. 신앙인은 니체의 질문을 통과하며, 십자가와 부활의 의미를 다시 생각하게 된다. 이 과정에서 니체의 '망치'는 파괴의 도구라기보다 허약한 관념을 두드려내는 도구로 기능한다.

『초역 니체의 말』은 명언을 모아둔 책에 머물지 않는다. 이 책은 삶을 흔들고, 익숙해진 생각을 점검하도록 만드는 장치로 작동한다. 니체가 던진 질문 앞에서 독자는 각자의 자리로 돌아가 생각을 이어가게 된다.

"나는 누구인가, 무엇을 사랑해 왔는가, 그리고 무엇을 끝까지 붙들고 살아가는가." 니체의 문장은 편안함을 주기보다 불편함을 남긴다. 그러나 그 불편함은 삶을 성급히 단정하지 않도록 붙잡아 두는 역할을 한다.

10

『살아온 기적 살아갈 기적』
장영희

인간다운 품위를 지켜낸 한 지성의 마지막 인사

희망이라는 말을 쉽게 놓지 않게 해주던 장영희 교수가 세상을 떠난 지도 어느덧 많은 시간이 흘렀다. 처음 그의 글을 『샘터』에서 만났을 때의 인상은 지금도 또렷하다. 단정하면서도 절제된 문체, 고통 속에서도 삶을 긍정의 방향으로 끌어올리는 태도가 글 곳곳에서 전해졌다. 암이 전신으로 퍼져 극심한 통증을 겪는 상황에서도 그는 절망을 앞세우지 않았다. 오히려 끝까지 희망을 언급하며, 살아 있다는 사실이 무엇을 가능하게 하는지 되묻게 했다.

이 책은 그런 그의 마지막 인사처럼 다가온다. 강의실에서 학생들과 나눈 이야기, 가족과 함께한 평범한 하루, 투병의 시간 속에서 마주한 삶의 장면들이 차분한 문장으로 이어진다. "나는 누구인가"라는 질문에서 출발해, 이미 손에 쥐고 있는 것들을 돌아보게 하고, 사소해 보이는 하루의 순간들을 다시 살피게 한다. 그에게 글쓰기는 이론을 세우는 작업이 아니라 삶의 기쁨과 아픔을 숨김없이 기록하는 일이었다. 그의 글은 문학적 성취를 넘어, 살아가는 자세에 대한 제안으로 읽힌다.

그는 나이 듦을 담담하게 받아들이면서도, 미혼으로서 결혼을 꿈꾸는 솔직한 마음을 감추지 않았다. 일상에서 흔히 건네는 '괜찮아'라는 말이 지닌 위로와 부담의 양면을 짚으며, 토머스 머튼의 말을 인용해 각자가 풀어야 할 질문을 남긴다. 그의 글은 단순한 수필을 넘어, 삶을 어떻게 바라보고 감당할 것인가에 대한 고민의 흔적으로 남는다.

장영희는 일상의 작은 순간에도 충분히 머무를 줄 알았다. 이성적인 사고와 따뜻한 시선을 함께 지닌 그는, 자신의 결핍과 상처를 과장하지도 숨기지도 않았다. 그 솔직함이 글의 중심을 이루며, 독자가 그의 문장에 오래 머물게 하는 힘으로 작용한다.

책의 제목처럼, 그의 삶은 이미 '살아온 기적'에 가까웠다. 만약 그가 더 오래 살아 또 다른 '살아갈 기적'을 보여주었다면 어땠을지 자연스레 떠올리게 된다. 마지막 장을 덮으며 "나무처럼, 풀처럼 미련 없이 떠나고 싶다"던 그의 말이 조용히 남는다. 이름처럼 맑고 절제된 삶을 살다 간 한 사람의 자취가 오래 기억에 머문다.

11

『4 빼기 3』
바버라 파흘 에버하르트

상실과 그 속의 삶

네 명의 가족 가운데 세 명이 하루아침에 곁을 떠난다. 갑작스러운 비보 앞에서 인간은 어떤 상태에 놓이게 되는지 이 책은 묻고 있다. 눈물조차 나오지 않고, 마음은 공허 속을 떠도는 먼지처럼 흔들린다. 극도의 슬픔에 잠긴 바버라는 정신이 흐려지고, 몸과 마음 모두 통제력을 잃은 상태에 이른다. 현실을 외면하고 싶은 순간이 반복되지만, 예고 없이 끊어진 가족과의 관계를 다시 이어갈 길은 보이지 않는다.

너무 깊은 상처 앞에서는 말보다 침묵이 더 큰 힘을 갖는다. 때로는 손을 조용히 잡아주는 행위만으로도 마음의 균형이 조금씩 돌아온다. 바버라는 절망의 한가운데서 주변 사람들에게 메일을 보내 자신의 상태를 전한다. 장례식을 '영혼의 축제'라 부르고 피에로들을 초대한 장면은, 비극을 잠시 다른 각도에서 바라보려는 마지막 시도로 보인다. 위안이 있다면 사랑하는 이들이 하늘나라로 갔다는 믿음, 그리고 언젠가 다시 만날 수 있으리라는 희미한 기대뿐이다.

책 속에서 남편 헬리와 아이들, 피니와 티모가 웃고 있는 사진을 마주할 때 이 이야기가 실제의 기록임을 실감하게 된다. 목이 저절로 막혀온다. 만약 비극의 한가운데에 자신이 서 있다면 어떻게 견딜 수 있을지 자연스레 떠올리게 된다. 시간은 상처를 조금씩 누그러뜨리지만, 사랑했던 가족과 함께했던 평온한 장면이 서서히 흐려지는 과정은 또 다른 아픔으로 남는다.

받아들이고 싶지 않은 현실을 인정하는 일은 마음의 기반을 흔드는 경험에 가깝다. 애벌레가 고치 밖으로 나오는 일을 망설이듯, 변화는 누구에게나 두려움으로 다가온다. 그러나 언젠가는 날개를 펴야 하는 순간이 찾아온다. 그 두려움과 마주하는 용기, 그리고 친구와 이웃의 손길이 그 시간을 지탱해 준다. 바버라는 그렇게 조금씩 현실과 나란히 서게 된다.

구멍 난 스웨터를 기워 짜며 그녀는 말한다. "새 실과 낡은 실을 섞어 짰다." 과거와 현재, 상실과 일상이 뒤엉켜 오늘을 이루듯, 그녀의 삶도 그렇게 이어진다. 아픈 이야기이지만, 글을 통해 마음을 꿰매어 가는 태도는 비극 속에서도 한 걸음씩 앞으로 나아가는 힘을 드러낸다. 문명의 발전은 편리함을 제공하는 동시에, 사랑하는 이를 순식간에 앗아갈 수 있는 냉혹한 면을 함께 지닌다. 뉴스 속 사고를 접할 때마다 떠난 이보다 남겨진 사람의 마음이 먼저 떠오르는 이유도 여기에 있다.

『4 빼기 3』은 남겨진 이의 긴 침묵과 더딘 발걸음을 따라가며, 가족의 무게와 삶의 덧없음의 의미를 되짚게 한다. 상실의 언어를 품은 이 기록은, 잃어버린 자리 옆에서 오늘을 살아가는 이들에게 조용히 말을 건네고 있다.

12

『그건, 사랑이었네』
한비야

사랑으로 지구를 걷는 여자

한 달에 삼천 원이면 한 명의 어린이가 물 부족으로 인한 생명의 위기에서 벗어날 수 있다. 커피 한 잔 값이 생존의 조건이 되는 현실을 이 책은 구체적인 행동으로 보여준다. 『그건, 사랑이었네』는 한비야가 현장에서 확인한 이 단순한 사실을 기록한 이야기다.

그녀가 마주한 현장은 냉혹하다. 어린 여자아이들에게 '전통'이라는 이름으로 강요되는 할례의 현실, 그 안에서 살아가는 사람들의 삶이 직접적인 체험을 통해 전해진다. 문화의 다양성은 존중되어야 하지만, 인간의 존엄을 훼손하는 관습은 분명히 구분되어야 한다는 입장이 글 전반에 드러난다. 참혹한 상황 앞에서도 감정에 매몰되지 않고 생명을 살리는 선택을 이어가는 태도는, 용기의 성격이 무엇인지 분명히 보여준다.

한비야의 글은 현장의 긴박함 속에서도 과장되지 않는다. 화려한 수사는 없고, 일상의 언어로 경험을 전달한다. 땀과 눈물, 웃음이 자연스럽게 스며든 문체다. 그녀는 원고 마감 이후에도 수정을 반복한다고 말한다. 글쓰기가 재능이 아니라 축적된 노력의 결과임을 보여주는 대목이다. 폭넓은 독서와 현장 경험이 언어로 정제되며, 문장은 단단한 밀도를 갖는다.

그녀는 고통받는 이들과 감정을 나누는 방식을 알고 있다. 극한의 상황에서도 유머와 여유를 잃지 않고 사람들의 긴장을 풀어내는 리더십이 드러난다. 여러 외국어를 익혀 타인을 돕는 데 사용하는 일관된 삶을 살아낸 한결같은 사람이다. 말과 행동이 분리되지 않는 삶이라는 점에서, 그녀의 활동은 말보다 강한 언어로 사람들의 마음을 움직인다.

책을 덮고 나면 삶을 바라보는 시선이 조금 달라진다. 『그건, 사랑이었네』는 선의를 강조하는 책이 아니라, 사랑이 구체적인 선택과 실천으로 드러날 수 있음을 보여주는 기록이다. 보스턴 유학으로 이어지는 이후의 여정이 궁금해지지만, 이 책만으로도 충분히 전해지는 메시지가 있다. 한비야라는 이름은 행동 속에서 빛나는 사람이다.

13

『마시멜로 두 번째 이야기』
호아킴 데 포사다, 엘렌 싱어

기다림의 철학과 삶의 미학

'마시멜로 실험'으로 잘 알려진 호아킴 데 포사다는 『마시멜로 두 번째 이야기』에서 다시 한 번 '기다림'이라는 삶의 원리를 다룬다. 이 책이 한국 독자들에게 전하는 감사의 인사로 문을 여는 점도 눈에 띈다. 첫 책이 한국 사회에서 큰 반향을 얻은 데 대한 저자의 인식이 서두에 담겨 있다.

처음에는 이 책을 하나의 자기계발서로 받아들이기 쉽다. 그러나 지휘자가 성가대원들에게 "깃털을 후 불면 날아가는 느낌으로 부르라"고 말하며 '마시멜로'를 비유로 드는 것에서, 이 단어가 지닌 감각적 성질이 또렷해졌다. 아직 맛보지 않은 과자를 떠올리듯, 삶 속의 '기다림'이 지닌 기대와 여운이 자연스럽게 연결된다.

책이 반복해서 전하는 메시지는 비교적 단순하다. 지금의 유혹을 견디면 이후의 선택지가 달라진다는 것이다. 다만 이 단순함은 인간의 성장 과정에 대한 관찰을 바탕으로 한다.

마시멜로 법칙은 만족의 유예(delayed gratification)를 통해
자제와 통제의 감각을 기르는 과정을 보여준다. 당장의 보상보
다 과정의 축적을 택하는 태도가 삶을 지탱하는 힘으로 작동한
다. 이는 성취를 앞당기는 기술이라기보다 시간을 다루는 방식
에 대한 제안에 가깝다.

사람은 누구나 시행착오를 겪는다. 그 경험을 어떻게 받아들
이느냐에 따라 삶의 밀도가 달라진다. 시행착오를 통해 태도가
다듬어질 때, 삶은 이전과 다른 결을 띠기 시작한다. 저자는 이
지점에서 기록의 중요성을 강조한다. "기록하라. 글로 쓰라."
마음속 다짐은 쉽게 흩어지지만, 기록은 생각을 붙잡아 둔다.
기록된 생각은 행동의 기준으로 남고, 반복되며 삶의 방향에 영
향을 미친다.

『마시멜로 두 번째 이야기』는 성공의 공식을 나열하는 책으
로 머물지 않는다. 오히려 변화의 신호를 감지하는 감각을 일깨
운다. 저자는 지금의 상태를 점검하고, 필요하다면 방향을 조정
하는 결단을 권한다.

"성공의 만리장성도 벽돌 한 장에서 시작된다." 이 문장은 완성

보다 축적을 중시하는 태도를 압축해 보여준다. 성취는 단번에 도달하는 지점이 아니라 반복되는 선택의 결과임을 드러낸다. 성공은 거창한 계획에서 출발하지 않는다. 자기 안에 굳어진 생각을 점검하고, 작은 습관 하나를 바꾸는 과정에서 시작된다. 세상을 단번에 바꾸기보다 먼저 자신의 태도를 조정하는 일이 중요하다는 관점이 이어진다.

많은 성공담이 비슷한 메시지를 전하지만, 포사다의 이야기가 구별되는 지점은 성공을 '유혹의 거부'가 아니라 '의미의 확장'으로 다룬다는 데 있다. 마시멜로는 단순한 보상의 상징이 아니라 기다림 속에서 형성되는 삶의 태도를 가리킨다.

'마시멜로'라는 단어는 이제 하나의 상징어로 자리 잡았다. 이는 성취의 결과보다 자기 조절과 성숙의 과정을 강조하는 몸짓처럼 느껴진다. 인간이 스스로를 다듬어 가는 방식에 대한 은유로 기능한다.

『마시멜로 두 번째 이야기』는 자기계발서를 넘어, 시간 속에서 자신을 조율하며 살아가는 사람에게 말을 건넨다. 삶은 즉각적인 성취보다 지속적인 조정과 누적의 과정에 가깝다.
기다림의 끝에서 마주하는 달콤함은 결과의 맛이라기보다 시간을 견뎌온 자취로 남는다.

14

『아프니까 청춘이다』
김난도

상처를 통과하며 빚어지는 빛

대한민국의 청춘은 고단한 환경에 놓여 있다. 입시를 통과한 뒤에도 저소득층 학생들은 학비를 마련하기 위해 아르바이트에 매달리고, 삶과 학업을 동시에 감당해야 하는 상황에 놓인다. 『아프니까 청춘이다』라는 제목은 단순한 위로의 문구라기보다 고통을 외면하지 말라는 요청으로 읽힌다. 상처를 통과하는 과정에서 성숙이 이루어진다는 문제의식이 책 전반을 이끈다.

김난도 교수는 입시와 대학 생활, 사랑과 인간관계, 사회 진출과 직업 선택, 독서와 사유에 이르기까지 청춘이 마주하는 여러 국면을 자신의 경험을 토대로 짚어 나간다. 각 장은 해답을 제시하기보다 선택의 방향을 가늠하게 하는 나침판 역할을 한다.

저자는 시오노 나나미의 말을 인용하며, 인생의 승패는 실패 그 자체보다 이후의 태도에서 갈린다고 말한다. 인생 시계가 아직 이른 시각에 머물러 있는 청춘에게 중요한 것은 주저앉음이 아니라 다음 걸음을 내딛는 일로 제시된다. 하이데거의 '던져짐(Geworfenheit)' 개념 역시 이 맥락에서 호출된다. 인간은 선택하지 않은 조건 속에 놓이지만, 그 조건을 해석하는 방식에 따라 삶의 방향이 달라진다. 시행착오와 시련은 회피 대상이 아니라 자신을 단련하는 장으로 기능한다.

시간 관리와 자기 점검에 대한 강조도 반복된다. 키르케고르가 말한 "절망은 자기 자신이 되기를 거부하는 상태"라는 문장은, 무의미한 오락으로 시간을 흘려보내는 삶의 단면을 비춘다. 이에 비해 하루 한 시간의 외국어 공부나 자투리 시간을 활용한 학습은, 자신을 놓치지 않으려는 시도로 해석된다. 여기서 말하는 싸움은 타인과의 경쟁이 아니라 자신을 정돈해 가는 과정이다.

연애에 대한 논의에서도 청춘의 경험은 중요한 위치를 차지한다. "사랑을 알지 못하고 어찌 예술과 학문, 인생을 알겠는가"라는 문장은, 사랑을 감정의 문제에만 한정하지 않는다. 플라톤의 『향연』을 떠올리면, 사랑은 결핍을 자각한 존재가 타자를 통해 자신을 확장해 가는 움직임으로 이해된다. 다만 이 확장은 자기 소멸을 전제로 하지 않는다. 집착이 아닌 상호 성장을 향할 때 사랑은 관계의 경험으로 남는다.

인간을 사회적 존재로 바라보는 관점도 이어진다. 아리스토텔레스의 말처럼 인간은 관계 속에서 자신을 형성한다. 저자가 강조하는 톨레랑스는 단순한 관용이 아니라 타인의 차이를 통해 자신을 비추는 태도로 설명된다. 관계는 성숙을 가로막는 장애물보다 이해의 경로로 작용한다.

직업 선택에 관한 대목에서는 저자 자신의 진로 전환 경험이 언급된다. 법학에서 행정학으로 방향을 바꾸며 학문의 즐거움을 발견했다는 이야기는, 타인의 기대보다 자신의 적성을 살피는 선택의 중요성을 드러낸다. 부모의 뜻에 따라 직업을 택했으나 불행해진 청년의 사례는, 삶의 주도권이 어디에 놓여 있는지를 묻는 장치로 기능한다.

이어지는 초등학생의 짧은 시는 질문의 형식을 취한다.

"엄마가 있어 좋다. 나를 예뻐해 주셔서.
냉장고가 있어 좋다. 먹을 것을 주어서.
강아지가 있어 좋다. 나랑 놀아주어서.
아빠는 왜 있는지 모르겠다."

이 문장은 가족 내 역할과 삶의 의미를 다시 생각하게 만든다. 행복은 거대한 목표라기보다 관계와 일상의 균형 속에서 형성되는 감각에 가깝다는 인상을 남긴다.

『아프니까 청춘이다』는 특정 세대만을 겨냥한 조언서로 한정되지 않는다. 인간이 성장 과정에서 겪게 되는 통증을 어떻게 받아들일 것인가에 대한 보편적 질문을 던진다. 비슷한 맥락이 반복되어 호흡이 늘어지는 지점도 있으나, 그 반복 자체가 멈추어 점검하라는 신호로 읽히기도 한다.

청춘의 아픔은 단순한 상처로 남지 않는다. 니체의 말처럼, 넘어서야 할 대상은 결국 자기 자신이다. 고통은 후퇴의 징후가 아닌 낯선 자신을 마주하게 하는 계기로 작동한다. 상처를 회피하지 않고 통과할 때 삶은 다른 깊이를 띠게 된다. 그 깊이 속에서 드러나는 빛은 완결이 아니라 성장의 흔적으로 남는다.

15

『꾸뻬 씨의 행복 여행』
프랑수아 를로르

행복에 대한 질문들

누군가 "행복하냐"고 묻는다면 선뜻 답하기는 쉽지 않다. 행복의 기준은 사람마다 다르고, 하나의 정의로 묶기 어렵기 때문이다. 사전은 행복을 삶에서 기쁨과 만족을 느끼는 상태로 설명한다. 그러나 실제 삶에서는 감정과 환경, 관계가 얽히며 그 의미가 자주 흔들린다. 자본주의 사회에서는 흔히 많이 가진 사람을 행복하다고 여긴다. 그럼에도 풍요 속에서 불행을 느끼는 사람들은 적지 않다. 꾸뻬 씨의 정신과 환자들 역시 그런 모습으로 등장한다. 왜 이런 간극이 생기는지, 그 질문에서 이 여행은 출발한다.

정신과 의사 꾸뻬 씨는 '행복에 관한 설문조사'라는 명목으로 세계 여러 지역을 여행한다. 중국을 비롯한 아시아 여러 나라를 돌며 다양한 사람들을 만나고, 그들의 이야기를 통해 행복의 모습을 살핀다. 그는 여행 중 만난 사람들의 생각을 수첩에 기록한다. 이 여정은 환자들을 위한 자료 수집이면서 동시에 자신을 향한 질문이기도 하다. 상담 실력은 뛰어나지만, 정작 자신은 무엇이 행복인지 분명히 알지 못한 채 반복되는 일상에 머물러 있었기 때문이다. 여행을 마친 뒤 그는 그 경험을 진료에 적용하며 행복의 의미를 다시 정리한다. 한 사람의 시선이 체험을 통해 어떻게 달라질 수 있는지를 보여주는 대목이다.

그가 수첩에 적은 '행복의 법칙'은 모두 스물세 가지다. 행복은 자신을 타인과 비교하지 않는 데서 시작된다는 문장이 첫머리에 놓인다. 행복은 예상치 못한 순간에 찾아오며, 많은 사람들이 그것을 미래에만 있다고 믿는 착각 속에 살아간다는 말도 이어진다. 더 큰 부와 더 높은 지위가 행복이라는 생각은 자주 빗나간다. 행복은 알려지지 않은 산길을 걷는 일과 같고, 목표로 삼을수록 멀어진다.

좋아하는 사람과 함께 있는 시간, 스스로 쓸모 있다고 느끼는 일이 행복을 만든다. 사랑하는 사람과의 이별은 불행이지만, 서로의 행복을 바라는 마음은 또 다른 행복이 된다. 가족이 부족함 없이 지내고 있다고 느끼는 순간, 좋은 사람들과 음식을 나누는 시간, 해와 바다를 즐기는 경험 역시 행복에 속한다. 경쟁심은 불행의 근원이 되고, 행복은 사물을 바라보는 방식에 따라 달라진다는 문장으로 노트는 마무리된다.

꾸뻬 씨의 '행복 노트'는 문장 자체만 보면 단순하다. 그러나 하나씩 따라가다 보면 삶의 경험에서 길어 올린 생각이라는 점이 분명해진다. 그는 행복을 먼 미래의 성취가 아니라, 일상 속에서 길러야 할 태도로 바라본다. 독자는 이 목록에 자신의 경험을 자연스럽게 겹쳐 보게 된다. 행복은 특별한 사건이 아니라 지금의 삶에서 발견되는 감정에 가깝다. 자연 속의 작은 풍경, 음악 한 곡, 시 한 편, 마음에 남는 문장 하나가 삶의 결을 바꾸기도 한다. 산책길에서 스치는 바람, 여행을 앞둔 설렘, 건네받은 따뜻한 말 한마디에서도 사람은 잠시 마음이 가벼워진다. 거창한 성공보다 소소한 일상이 감정을 지탱하는 힘으로 작용한다.

행복은 우리가 사랑하는 순간들 속에 흩어져 있다. 아침에 눈을 뜨는 순간부터 하루를 마무리하는 시간까지, 크고 작은 찰나들이 겹쳐 하루의 결이 달라진다. 그것은 멀리 있는 파랑새라기보다 지금의 상태를 알아차리는 감각에 가깝다.

꾸뻬 씨의 여행은 결국 한 가지 메시지로 수렴된다. 행복은 외부 조건의 총합이 아니라, 비교를 멈추는 순간 비로소 가까워진다는 사실이다.

부록

1

『당신이 이기지 못할 상처는 없다』
박민근

상처를 딛고 다시 걷게 하는 언어의 온기

사월과 시월은 사회 전체가 큰 충격을 겪은 시기였다. 나 역시 그 영향에서 벗어나지 못했다. 꽃을 보아도 기쁨보다 슬픔이 먼저 스쳤고, 뜻밖에 생을 마감한 아이들을 떠올릴 때마다 마음이 가라앉았다. 그런 상태에서 '치유'라는 단어가 유난히 자주 눈에 들어왔다. 빠른 변화와 경쟁, 성과 중심의 환경 속에서 사람 사이의 연결은 느슨해졌고, 많은 이들이 불안과 긴장을 안은 채 살아가고 있다. 철학치료, 음악치료, 미술치료, 독서치료가 주목받는 흐름 역시 이런 현실과 맞닿아 있다. 프랑수아 를로르의 『꾸뻬 씨의 행복 여행』에 등장하는 상담 장면에서도 물질적 풍요와 정서적 결핍이 함께 놓여 있는 모습이 나타난다.

세계보건기구가 정의한 건강의 개념도 함께 떠오른다. 건강은 질병이 없는 상태를 넘어 몸과 마음, 사회적 관계가 균형을 이루는 상태를 뜻한다. 이는 각자가 자신의 삶을 감당할 수 있는 조건을 갖춘 상태에 가깝다. 지난 시간 동안 우리는 그 균형이 무너질 때 어떤 고통이 뒤따르는지를 지켜보았다. 직접적인 피해자가 아닌 이들조차 깊은 충격을 받았다는 점에서, 피해자 가족이 겪었을 고통은 쉽게 헤아리기 어렵다. 트라우마는 시간이 흐른다고 자연히 사라지는 것이 아니며 적절한 돌봄이 없을 경우 더 깊어질 수 있다. 세월호와 이태원 사건 이후 심리상담사들이 현장에 투입되던 장면은, 회복이 단기간에 끝나는 일이 아님을 상기시킨다.

얼마 전 지인의 소개로 여섯 차례에 걸친 독서치료 강의를 들었다. 검사와 상담을 통해 스스로를 돌아보는 시간이었고, 그 과정은 오래 여운으로 남았다. "우리는 상처를 딛고 성장한다"는 문장은 특히 기억에 남았다. 삶의 어려움을 다음 날을 버티는 힘으로 삼을 때, 트라우마는 삶을 지배하는 힘을 잃는다는 말로 이어졌다. 각자에게는 자신의 삶을 정리할 공간과 시간, 마음을 가라앉힐 여지가 필요하다는 메시지도 분명하게 전해졌다.

우리 사회에는 고통을 쉽게 드러내지 못하게 만드는 분위기가 있는 듯하다. 그러나 침묵이 곧 회복으로 이어지지는 않는다. 저자는 시간에 끌려가기보다 시간을 관리하며 일상의 균형을 유지할 필요를 말한다. 반복적인 연습을 통해 태도를 다듬고,

스스로 판단하는 힘을 기르는 과정이 중요하다고 짚는다. 타인을 용서하는 일과 함께 자신을 돌아보는 태도, 타인의 처지를 헤아리는 마음이 관계를 성숙하게 만드는 출발점으로 제시된다.

인간의 이해는 완성이 아니라 삶을 지나며 열리는 과정이다. 온전함도 흠 없는 상태가 아니라 몸과 마음이 조화를 찾아가는 길이다. 우리가 지향하는 가치는 그 길 위에서 조금씩 선명해진다. 행복을 위해서는 자신이 맡은 일과 삶의 방향을 인식하는 과정이 필요하다. 그 인식은 삶의 중심을 세우는 기준으로 작용한다. 용서와 화해, 사랑에 분별의 기준이 더해질 때, 사람은 자신이 지향하는 가치에 한 걸음 더 가까워진다.

이 책은 상담과 치유의 사례를 통해 마음의 회복이 어떤 경로를 거치는지를 보여준다. 각 장에는 서로 다른 사람들의 이야기가 담겨 있다. 가족과 부부, 부모와 자식, 연인 관계에서 발생한 오해와 상처가 어떻게 다뤄지는지를 따라가다 보면, 관계 속 상처가 특별한 일이 아니라는 점이 드러난다. 모든 관계에는 크고 작은 균열이 존재하며, 상처 없이 살아가는 일은 드물다는 사실에 이른다.

가족이나 자녀가 반복적으로 불안정한 행동을 보이거나 관계에서 어려움을 겪는다면, 이를 그대로 두는 것에 신중할 필요가 있다. 상처는 시간이 지나며 저절로 해결되기보다, 초기에 어떻게 대응하느냐에 따라 다른 경과를 보이기도 한다. 저자는 그림책, 시, 소설, 영화, 다큐멘터리 등 다양한 매체를 통해 마음을 돌보는 방법을 제안한다. 이러한 사례들은 독자가 자신의 상처를 외면하지 않고 삶의 일부로 받아들이도록 돕는다. 개인의 마음 상태가 사회 전체의 건강과 이어져 있다는 점도 자연스럽게 상기시킨다.

책에 실린 '민감성 자가 테스트'를 통해 나 역시 예민한 편에 속한다는 사실을 확인했다. 다만 읽고 쓰는 행위 자체가 나에게는 하나의 정리 과정으로 작용했다. 언어는 때로 약보다 직접적인 영향을 미치기도 한다. 읽으며 공감하고, 쓰며 생각을 가다듬는 시간 속에서 사람은 조금씩 균형을 회복해 간다.

한편 아쉬운 지점도 남는다. 저자가 특정 종교를 직접적으로 드러내거나 권유하는 대목에서는 독자가 거리를 느낄 가능성도 있어 보인다. 치유의 메시지가 신앙의 테두리를 넘어설 때, 더 넓은 공감의 지점으로 확장될 여지도 함께 떠오른다.

2

마음이 젊을 때 뇌도 늙지 않는다

97세 시어머니를 모시며 치매의 현실을 가까이에서 겪은 이후, 뇌 건강이 인간의 존엄과 얼마나 관계가 깊은지 실감하게 되었다. 어머니는 한 달에 한두 차례 인지 기능이 흐려지고 잠을 이루지 못하며 오래전 세상을 떠난 이들의 이름을 부르곤 하셨다. 그러나 충분한 숙면을 취한 다음 날에는 다시 비교적 또렷한 상태로 돌아오신다. 이 경험은 '잠'이 뇌 회복에 얼마나 중요한 역할을 하는지 보여준다. 건강한 사람도 하룻밤의 불면으로 일상이 흔들리는데, 노년의 뇌에는 그 영향이 더욱 크게 다가온다.

서유헌의 『나이보다 젊어지는 행복한 뇌』는 노화와 함께 찾아오는 뇌 질환, 특히 치매와 우울증을 중심으로 예방과 회복의 가능성을 살핀 책이다. 저자는 "뇌력이 곧 체력이다"라고 말하며, 뇌가 사고와 감정, 행동을 조율하는 중심 기관임을 강조한다. 나이가 들수록 뇌를 꾸준히 자극하는 학습과 경험이 필요하다는 주장도 이어진다. 새로운 언어를 배우거나 악기를 익히는 일, 낯선 길을 찾아가는 사소한 행동까지도 뇌를 단련하는 자극으로 제시된다.

저자는 사무엘 울만의 시 「청춘」을 뇌과학적으로 해석하며, 청춘은 나이의 문제가 아니라 뇌의 상태와 깊이 연결되어 있다고 설명한다. 긍정적인 언어는 신경세포의 연결을 강화하고, 부정적인 언어는 뇌의 반응을 위축시킨다. 타인을 돕는 봉사활동 역시 도파민 분비를 촉진해 정서적 안정과 만족감을 높이는 사례로 언급된다. 삶의 태도가 곧 뇌의 작동 방식과 맞물려 있다는 관점이 자연스럽게 드러난다.

이 책은 식습관과 운동의 중요성도 반복해서 강조한다. 아침 식사는 뇌의 주요 에너지원으로 하루의 리듬을 결정하고, 단백질과 오메가-3 지방산이 포함된 식단은 세로토닌 생성을 도와 우울감 완화에 기여한다고 설명한다. 규칙적인 걷기나 자전거 타기 같은 단순한 운동 역시 신경세포의 활성을 유지하고 기억력을 돕는 방법으로 제시된다. 디지털 중독에 대한 경고도 눈에 띈다. 스마트폰 사용은 수면을 방해하고 과도한 자극은 뇌의 피로를 누적시킨다. 저자는 잠자리에 들기 전 스마트폰을 멀리 두는 것부터 실천해 볼 것을 권하며, 기술에 잠식된 일상에서 뇌를

쉬게 하는 감각의 회복을 강조한다.

　다만 책의 구성에서는 반복이 느껴지는 대목도 있다. 한 주제 안에서 유사한 설명이 여러 차례 등장해 서술의 밀도가 다소 느슨해지기도 한다. 그럼에도 뇌과학이라는 전문 영역을 일상의 언어로 풀어내고, 생활 속 실천으로 연결하려는 시도는 분명한 장점으로 읽힌다. 그러므로 단순한 건강서라기보다 나이듦을 대하는 태도와 삶의 리듬을 점검하게 하는 생활 지침서에 가깝다. 뇌를 젊게 유지하는 일은 결국 자신을 돌보는 방식과 맞닿아 있다. 그 출발점은 언어와 습관을 조금씩 바꾸는 데 있는 듯하다. "기억력이 나빠졌다" 대신 "내 뇌는 여전히 배우고 있다"고 말해보라는 제안은, 이 책이 건네는 가장 현실적인 조언으로 남는다.

3

『암 억제 식품사전』
니시노 호요쿠

음식은 곧 약이요, 식탁은 매일의 처방전이다

우리는 어떤 음식을 어떻게 먹어야 질병으로부터 멀어질 수 있는지 끊임없이 고민해야 하는 시대를 살고 있다. 환경오염과 식품 첨가물, 불규칙한 생활 습관은 현대인의 건강을 위협하고 있다. 특히 완전한 정복이 어려운 암의 발병률은 지속적으로 높아지고 있다. 『암 억제 식품사전』은 이러한 현실 속에서 '먹는 일이 곧 사는 일'이라는 근본적인 명제를 다시 일깨워 주는 책이다.

이 책은 식품군별로 암 억제 성분과 진행을 늦추는 요인, 암세포에 작용하는 물질을 의학·약학·농학·영양학 분야의 전문가 43인이 실험과 역학 연구를 통해 분석한 결과를 담고 있다. 일상에서 쉽게 접할 수 있는 항암 식품 50가지를 중심으로 각 식품의 주요 성분과 조리법, 섭취 요령을 체계적으로 제시한다.

그래프와 자료를 활용해 성분을 비교하고 핵심 내용을 정리하여 정보를 한눈에 파악할 수 있다.

　호박은 속살에도 베타카로틴이 풍부하므로 껍질과 함께 조리하는 편이 바람직하다. 당근과 단호박은 기름을 사용해 조리할 때 흡수율이 높아진다. 여섯 가지 필수 영양소 외에 주목할 성분으로는 핵산이 제시된다. 토마토와 오렌지, 당근은 간 기능을 돕는 핵산 공급원으로, 토마토 한 개나 주스 한 컵 정도의 섭취가 적절하다고 설명한다. 시금치는 항암 효과가 높지만 수산 성분으로 인한 결석 위험이 있어 참깨와 함께 섭취하는 방법이 권장된다. 신선초, 감자즙, 붉은 피망, 브로콜리, 고추냉이 등은 대표적인 항암 채소로 분류된다. 특히 고추냉이는 브로콜리보다 높은 암 억제력을 지닌 식품으로 소개된다. 채소는 날것으로 먹는 것이 효과적이지만, 국물 형태로 섭취하면 수용성 성분의 손실을 줄일 수 있다.

　콩의 이소플라본은 잘 알려진 성분이지만, 줄기 부분인 배축에 더 높은 억제 성분이 함유되어 있다. 대두 배아차나 이소플라본 보충제는 이를 보완하는 대안으로 제시된다. 메밀은 삶은 국물에 루틴이 남아 있으므로 국물째 섭취하는 것이 좋으며, 껍질째 조리하면 항산화 효과가 강화된다. 감귤류는 껍질째 섭취할 때 효과가 커지고, 바나나는 검은 반점이 많을수록 면역력 강화에 도움이 된다. 사과는 해독 작용이 뛰어난 과일로 언급된다. 생선에 레몬즙을 더하면 발암물질 생성이 줄어들며, 베리류는 가공품보다 생과로 섭취할 때 항암 효소가 활성화된다. 파파야와 우유의 락토페린 역시 면역 기능을 돕는 식품으로 소개된다.

팽이버섯은 장과 피부암 예방에 효과가 있으며, 송이버섯은 암세포에 직접 작용하는 성분을 지닌다. 만가닥버섯과 표고버섯은 백혈구 활성화를 돕고, 잎새버섯은 항암 면역요법에 활용된다. 버섯에 포함된 다당체는 면역 체계를 정비하는 역할을 한다. 가리비와 오징어 먹물, 연어, 새우, 게에는 항산화 물질이 풍부하며, 등푸른생선의 DHA와 EPA는 대표적인 암 예방 성분으로 제시된다. 미역과 김, 다시마 같은 해조류의 검은 색소와 점액질에도 발암 억제 성분이 포함되어 있다. 다만 갑상선 질환이 있는 경우 다시마의 과잉 섭취는 주의가 필요하다.

6개월 이상 숙성된 된장은 천연 항암 식품으로 평가된다. 검은깨는 항산화 성분이 풍부해 볶아 빻은 뒤 콩과 함께 섭취할 때 효과가 크다. 카레의 강황과 각종 허브, 향신료에 함유된 정유 성분은 발암 억제 작용을 하며, 짧은 시간 기름에 향을 내는 조리법이 적합하다. 녹차와 현미차를 함께 섭취했을 때 암 크기가 현저히 감소했다는 실험 결과도 소개된다. 녹차의 카테킨은

헬리코박터 파일로리균 억제에도 효과를 보인다. 홍차와 커피, 황기차, 코코아 역시 항산화 작용을 지닌 음료로 분류된다. 다만 당분 함량이 낮은 선택이 권장된다. 맥주는 하루 한 캔, 레드 와인은 하루 두세 잔 정도가 적당량으로 제시된다. 껍질과 씨를 함께 발효한 와인은 혈관 건강과 암 예방에 긍정적으로 작용한다.

『암 억제 식품사전』은 단순한 식품 정보서라기보다 식습관을 점검하게 하는 생활 지침서이다. 저자는 특정 항암 식품만을 고집하는 식생활에서 벗어나 균형 잡힌 섭취가 중요하다고 강조한다. 항암이라는 이름만으로 식단을 단순화할 경우 오히려 부작용이 발생할 수 있다는 경고도 함께 제시된다.

50가지 항암 식품의 성분과 적용 암, 조리법을 한눈에 정리한 '암 억제 다이제스트'는 실용성을 높이는 장치로 기능한다. 다만 전문 용어가 잦아 일반 독자에게는 다소 부담이 될 수 있다. 생활 속 적용 사례가 조금 더 보완되었다면 좋았을 것이다. 그럼에도 이 책은 매일의 식탁을 다시 바라보게 한다. 반복되는 한 끼 식사 속에 건강과 생명의 조건이 놓여 있음을 인식하게 하는 안내서다. 음식은 단순한 섭취 행위가 아니라 몸을 유지하고 삶을 조율하는 과학이자 생활의 지혜로 드러난다.